持續狩獵史萊姆三百年，不知不覺就練到 LV MAX 7

Morita Kisetsu
森田季節
illust. 紅緒

亞梓莎・埃札瓦（相澤梓）

本書主角。一般以「高原魔女」之名為人所知。轉生成為永保十七歲容貌，長生不老魔女的女孩（？）。不知不覺中變成世界最強，也遭遇過不少麻煩，但因此擁有了家人，非常開心。

堅持下去就是力量。
我只做能能堅持下去的事情！

別西卜

人稱蒼蠅王的高等魔族，魔族農業大臣。頻繁往來於魔界與高原之家。是亞梓莎足以仰賴的「姊姊」。為本書刊登的外傳「持續當小公務員一千五百年，三河河刀量、奴細書以乂莉」BOO的三角。

小女子名叫別西卜！
是魔族國度的農業大臣！！

持續狩獵史萊姆三百年，
不知不覺就練到LV MAX
7
Morita Kisetsu 森田季節 illust. 紅緒
She continued destroy slime for 300 years
©Benio

請積善做好事，
收集德行章喔～
©Benio

啊！
是讓我轉生的
女神大人！
©Benio

高原魔女
亞梓莎
©Benio

©Benio

請和吾人
比劃一番吧！
©Benio

可以，
就算受傷也是
自己的問題喔！
持續當小公務員1500年，
在魔王的力量下
被迫擔任大臣
She works as a public employee for 1500 years
©Benio

Contents

Story by Morita Kisetsu Illustration by Benio

She continued destroy slime for 300 years

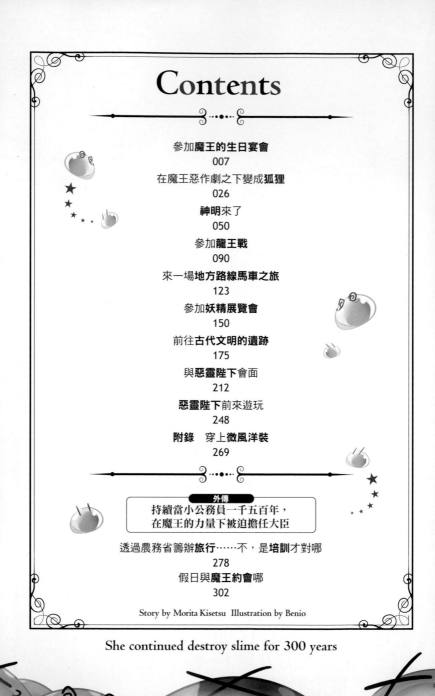

法露法＆夏露夏

史萊姆的靈魂凝聚而誕生的妖精姊妹。姊姊法露法是坦率面對自己的心情而天真的女孩。妹妹夏露夏則是關懷入微又善解人意的女孩。兩人都非常喜歡媽媽亞梓莎。

媽媽～媽媽～！最喜歡媽媽了！
……即使身體沉重，內心也要保持輕盈。

亞梓莎大人，今天吾人依然會誠心誠意，努力精進！
芙拉托緹比萊卡更加努力喔！

萊卡＆芙拉托緹

住在高原之家的紅龍＆藍龍女孩。萊卡是亞梓莎的徒弟，努力不懈的好孩子。芙拉托緹是服從亞梓莎的元氣女孩。同樣都是龍族，在各方面總是相互較勁。

哈爾卡拉

精靈女孩，亞梓莎的徒弟二號。具備人人羨慕的完美容貌，以及不時展現的成熟風範，讓家人（主要是亞梓莎）十分嚮往……不過依然還是家人中的殘念系角色。

這一次，絕對沒問題的！

佩克菈（普羅瓦托・佩克菈・埃莉耶思）

魔族國度之王。最喜歡利用權勢與影響力折騰亞梓莎與身邊的部下，是具備小惡魔個性的女孩。其實還兼具「想順從比自己強的對象」這種M的一面，目前對亞梓莎服服貼貼。

氣氛酷酷的魔女
姊姊大人，最棒了呢。

不好意思，妹妹的個性太隨便了……

啊～好想花上司的錢去泡溫泉喔～

法托菈＆瓦妮雅

擔任別西卜祕書的利維坦姊妹。能變身成巨龍的外型，還負責接送並照顧亞梓莎等人往返魔族國度。姊姊法托菈認真又有才幹，妹妹瓦妮雅雖然迷糊卻有一手好廚藝。

武史萊

體術登峰造極，化為人形的武鬥家史萊姆。想窮究「武史萊流史萊姆拳法」以完成最強格鬥技，卻也有嗜錢如命的庸俗一面。目前向別西卜拜師修行中。

存錢就是我的興趣。

桑朵拉

曼德拉草女孩。生長了三百年，最後成為具備意識還會活動的個體。是不折不扣的植物，棲息在高原之家的家庭菜園內。雖然常固執己見又愛逞強，卻也有害怕寂寞的一面。

我只是生長在庭園內而已喔！吼～！

我會一直跟隨大姊的！

羅莎莉

居住在高原之家的幽靈少女。欽佩不避諱身為幽靈的自己，更伸出援手幫助的亞梓莎。雖然能穿牆，人卻碰不到，還可以附身在別人身上。

裘雅莉娜

水母妖精，流浪畫家。像隨波逐流的水母一樣，在全世界居無定所地流浪。特徵是陰鬱沉重的主題，以及悽慘黑暗的畫風，受到魔族與部分收藏家高度讚賞。

正因為水母是透明的，才能看見許多醜陋的事物。

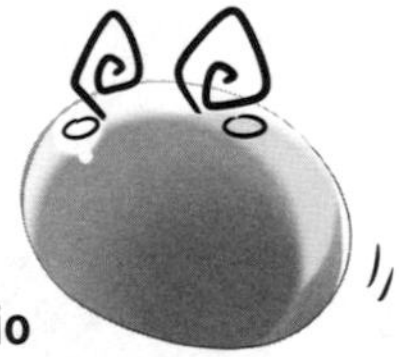

參加魔王的生日宴會

She continued destroy slime for 300 years

某一天，佩克菈來到高原之家。

呃，總覺得魔王跑來好像不太合適，但是實際上來都來了，沒辦法。

「午安呀。姊姊大人，妳好嗎？」

我在戶外晒衣服的時候，佩克菈正好露面。

由於家人眾多，出乎意料地麻煩。

佩克菈的背上背了各式各樣的行李。雖然與魔王的形象不搭，不過佩克菈絲毫沒有擺出魔王架子的打算吧。

何況我也不認識佩克菈以外的魔王，所以不知道什麼叫魔王的架子。

「過得還好吧。畢竟在我家不用擔心生病。」

「今天我帶了許多伴手禮來喔。首先給桑朵拉妹妹，這是非常優質的土壤。」

於是曼德拉草桑朵拉以耕地的方式，在地表下移動。

「什麼樣的土壤？務必讓我試試看。」

「來，是這個。柔軟度與養分都是最頂級的。連范澤爾德城的園丁都讚不絕口的優秀土壤呢。」

桑朵拉從佩克菈手中接過裝土的袋子後，以手（其實原本是根部）觸碰，並且確認質感。

「哦~很棒喔。會自然滲入根部與根部之間呢，味道也的確很濃厚。」

味道啊……反正植物有屬於自己的感受方式吧。

「我帶了很多東西來喔。這是羅莎莉小姐用的詛咒戒指，非常適合羅莎莉小姐。」

「完全不像女孩子帶來的伴手禮呢。」

佩克菈掏出一只讓人不太舒服的戒指。不過羅莎莉算是惡靈的一種，應該沒有問題。

雖說是惡靈，羅莎莉當然沒有做過壞事。但是完全沒有留戀的靈體是無法留在世間的，所以根據定義，這個世界上的靈體都屬於惡靈。

「這些書籍在魔族內也所剩無幾，記載了過去滅亡的人類古代文明，還附有當時科學技術的相關論文。不只夏露夏妹妹，法露法妹妹應該也會感興趣吧。」

這番說明聽起來不像是該送給小孩子的東西，不過她們應該會很開心！

佩克菈在戶外不斷掏出行李讓我瞧。其實可以進入屋內再拿，她應該想介紹給我聽吧。

「這是能將喜歡的山變成一座活火山的魔法道具。萊卡小姐想要火山的時候可以用用看。」
「哦，那真是方便——也太危險了吧！」
活火山怎麼能這麼隨意地製造呢！
「還有，這是颳起暴風雪的符咒。芙拉托緹小姐想讓附近的州郡困在冰雪中的話就用它吧。」
「誰敢用啊！」
愈來愈離譜了！
竟然列舉事關人類存亡的道具……不愧是魔王！
「然後，這是哈爾卡拉小姐可以在魔族土地上開店的權證。」
「我好像沒資格這麼說，但這些伴手禮真的毫無女子力呢。」
每一件物品確實都是好東西，不過太過特殊了。
「還有，這些點心送給姊姊大人。」
最後佩克菈掏出來的，是裝在可愛的袋子裡，不折不扣的點心。
「突然很有女孩子的感覺呢……」
「因為我是女孩子呀。是隨處可見的女孩子喔。」
「這句話分明在等我吐槽吧。不過謝謝妳，我會好好品嘗的。」

「嗯，裡面完全沒有添加任何奇怪的成分，敬請放心享用吧。」

這個世界有經常參雜奇怪事物的危險，因此這種資訊特別重要。

「總是收受妳的禮物，感覺有些過意不去呢。但妳畢竟是魔王，應該沒什麼想要的吧。任何想要的東西都弄得到。」

對方如果超級有錢，就會碰上不知道該送什麼才能取悅對方的問題。

可是這時候，佩克菈卻露出意有所指的笑容。

這表情代表她早就準備了某些方案。

我也逐漸習慣這個妹妹的腹黑程度了。

「其實呢，這一次，我要過生日囉～♪」

「原來如此，意思是到時候要我帶些回禮嗎……」

她應該不會要我準備門檻超高的東西吧……

像是竹取物語的輝夜公主對求婚者出的難題……

「不，不需要姊姊大人帶禮物來。取而代之，只要出席生日祝賀會就可以了。」

既然收了她的伴手禮，就難以推辭。話雖如此，我一直過著不折不扣的慢活，只要沒有什麼大事，我都會出席。

「好啦。如果這樣就可以的話，那我就不客氣地參加囉。」

© Benio

「——還有，可以的話，希望姊姊大人獨自前來。」

我表達參加意願後，佩克菈又追加一項條件。

「咦……？只有我……？」

「是的，不好意思喔。其實送迎用的飛龍是一人座喔～讓姊姊大人住宿的房間也只剩下單人房了～哎呀～真是疏忽呢～」

「未免太刻意了吧……」

我心想妳可是魔王，這種事情絕對有辦法安排。不過她的意思就是要我獨自前來。

「既然都讓妳喊我姊姊大人，總不能不慶祝妹妹的生日吧。大批家族跟著參加，要說怪也的確奇怪。」

「對呀對呀～就是這個意思～」

佩克菈的語氣的確非常開心。這也算是佩克菈惡作劇的一部分，她的個性就是一定要折騰人才過癮。

「好，我都明白了。畢竟我也會察言觀色，我會說服家人讓我一個人去的。」

「謝謝您。姊姊大人果然很了解妹妹呢！」

即使晒衣服晒到一半，佩克菈依然緊緊摟住我的手臂。

之後，佩克菈僅在屋內喝了一杯茶便匆匆離去。畢竟魔王似乎是大忙人，可是她卻跑來我們高原之家呢，雖然不像別西卜那麼頻繁。

一封寫著「敬邀　魔王大人生日祝賀典禮」的招待函留在我手邊。

◇

然後到了參加佩克菈生日宴會的日子。

嚴格來說是生日祝賀典禮，稱呼生日宴會好像有點太隨便。不過魔王本身就不拘小節，所以我都統一稱為生日宴會。

飛龍準時抵達高原之家門前，我要搭乘它前往。

萊卡和女兒們前來目送我。

「媽媽！要買伴手禮回來喔！」

「人生乃一期一會，不過肯定還會再見面。」

「偶爾也放鬆筋骨吧。雖然我不太清楚筋骨是什麼。」

三個女兒向我道別。我已經將桑朵拉視為女兒，反正彼此都沒有血緣關係，所以應該平等對待。

「大家不要吵架，要好好相處喔～」

「主人！芙拉托緹昨天和萊卡已經吵過架，所以暫時不會再吵！」

芙拉托緹自信滿滿地表示。怎麼聽起來好像「颱風剛過境不久，今天應該會放晴」啊！

「就算要吵架，頂多也只能捏捏臉喔。尤其妳們都是龍，所以禁止拿出真本事鬥爭。」

「她只要吃了飯，心情就會很好。因此一旦有什麼事，吾人就會做飯。」

萊卡似乎打算冷靜地操縱芙拉托緹。

「反正期間也不長，應該沒什麼大不了。那我出發囉！」

於是我乘坐飛龍，飛向魔族城堡范澤爾德城。

◇

雖然順利抵達了范澤爾德城——

不過當然不用說，會場大廳擠滿了魔族。

再一次親眼目睹，發現真是壯觀。尺寸超出人類想像的魔族也理所當然地出現在會場，因此天花板也非常高。

牆上貼著「魔王普羅瓦托・佩克菈・埃莉耶思的事蹟」，像是年表的東西。

但是內容實在太多，我馬上就不看了。

這女孩非常長壽，所以事蹟的數量也遠遠超過人類呢……而且還列舉了修理堤防、興建灌溉用貯水池之類相當樸實無華的事蹟，所以我沒興趣。

「哦，這不是亞梓莎嗎？來得好哪。」

一聽這聲音就知道是別西卜。

明明是典禮，別西卜卻依然穿著平常的衣服。難道這還兼作禮服嗎？

「既然被魔王點名，怎麼能不來呢。」

「嗯嗯，魔王大人也對於妳會前來而幹勁十足哪。現在距離魔王大人出場還有一段時間，小女子帶妳參觀會場吧。」

「那就恭敬不如從命了。」

在這種典禮上如果沒有熟人，會感到很孤獨，因此別西卜的提議正是時候。

「這間大廳的一旁有幾間房間。隔壁則是魔王大人資料展覽室。」

「哦。也對，既然活了這麼久，在世的時候就會成為歷史上的人物呢。」

考慮到在位期間，佩克菈早從日本還在江戶時代就在當魔王了，所以這很正常。

——結果展覽的是以前扮演偶像時穿的服裝。

「原來陳列的是這個喔！」

應該還有其他更值得展示的吧！到底是怎麼選的啊！

「因為音樂祭對魔族而言是相當重要的祭典……自然要分配空間展覽……嗯，沒有問題……」

連如此表示的別西卜都露出有些微妙的表情。

「另外，正式的祭典資料則收藏在庫房內……」

「果然受到了影響！」

「但結果是，聽說資料展覽室的參觀人數大幅增加哪。畢竟沒人想看以前的祭典用具……」

感受到文化財的行政難處了……

即使是日本的資料館，就算陳列了一大堆江戶時代使用的農具，也不會讓人產生「好，去參觀吧！」的心情。

除此之外，甚至還展出佩克菈用過的杯子、襪子、常吃的點心之類，整體十分鮮明。

算是某種正確的魔王個人崇拜嗎……

室內還張貼了類似訪客人數變化的圖表。

說明板上寫著——起先根本乏人問津，但是魔王不認輸，努力成為耀眼明星的結果，最後成為魔族無人不曉的偶像。

「變成從沒沒無聞的起點出發，成為大紅大紫的偶像故事了……」

不過，接下來的氣氛又突然改變。

一言以蔽之，就是變得正經許多。

「下一區是魔王大人挑選的『魔族土地絕景百選』哪。」

該處設置了風景畫之類以及地圖。

按下類似按鈕的裝置。

地圖的一部分場所跟著發出紅光，設計成告知訪客就是這裡。

日本的資料館也有這些東西呢……

「接下來是魔王大人挑選的『魔族名水百選』。」

「太缺乏娛樂性了呢。」

不否認相較於偶像區，實在太樸素了。

「是啊。所以這邊原本也要改裝成更熱鬧的內容，但又有人提出異議，認為展示資料的場所不該這麼做。教育大臣等人似乎都相當煩惱哪，還好小女子是農業大臣。」

「又在魔族的土地上見到現代日本的縮影了……」

畢竟博物館不是主題樂園，不能只顧有趣什麼都不管。可是沒人來參觀也不是好事。

「唔，快到魔王大人露面的時間了。回大廳去吧。」

「好啊～展覽從中途開始變得好樸素，剛剛好呢。」

「雖然小女子也這麼認為，但沒必要說出來！」

儀式採立食宴會式，我們隨便找個地方站著等了一會，喇叭聲隨即響起。

「魔王大人登場！請各位鼓掌歡迎！」

像是司儀的魔族高喊。

掌聲跟在司儀的聲音後響起，身穿禮服的佩克菈現身。

模樣比平時的打扮更加豪華。畢竟是生日宴會。

「各位來賓，非常感謝今天參加祝賀典禮。各位可能不喜歡我在這裡長篇大論，所以我盡可能簡略囉。拜拜啦！宴會會繼續進行，敬請各位隨意吃喝！就這樣！」

真的超簡略！

十五到二十秒就結束了！

雖然這種打招呼對參加者是好事，但是真的好嗎……？

想不到佩克菈在超簡短的打招呼過後，真的就此離場。

身邊傳來「哎呀～今天同樣迅速搞定哪。」「因為上屆魔王大人致詞落落長啊。

這樣好，這樣很好。」之類的聲音。似乎真的很受歡迎……

可是對於應她親自邀請的我，還是有點摸不著頭腦。

難道她找我來就為了這樣嗎……？

這時候，利維坦族的法托菈快步前來。

法托菈與妹妹瓦妮雅不一樣，相當一絲不苟。她是我認識的魔族當中最有公僕風範的人。

「失禮了，亞梓莎小姐。您好嗎？」

「好久不見了。目前還在對世界前幾短的打招呼震撼不已呢。」

「魔王大人有令，吩咐我帶領您前往聚餐座位上。還請您多多指教。」

然後法托菈牽起我的手。

「咦，還有這種會場啊!?」

不等我回答，法托菈便拉著我走。

在她的帶領下來到的房間內——

有一張正好適合兩人的桌子，面對面的椅子雖然沒人坐，卻擺放了刀叉。

意思是要我坐在這裡吧。

「噢，原來是這樣啊。」

現在才明白我獲邀的意義。

意思是這裡才是主軸，要在這裡和佩克菈聚餐。

「那麼我先失陪了。」

法托菈展現公僕風範，恭敬地行禮後便離開房間。

「意思是身為姊姊，要好好幫妹妹慶祝嗎？」

「沒錯！」

這時候，佩克菈從後方的房間進入。看來她早就在等待出場時機了。

「一定要聽姊姊大人親口祝賀生日快樂才算！典禮算是附加的，附加！」

佩克菈害羞地笑了笑。很少女的笑容符合她的外表。

仔細想想，就算舉辦那麼盛大的祝賀典禮，本人也有可能不開心。如果立場顛倒，或許我也覺得不需要這些繁文縟節。

至少有人要舉州之力舉行高原魔女的典禮之類的話，我會阻止對方。以前我也吩咐過弗拉塔村，不要這麼大費周章。

或許她本人真正追求的，是像這樣的生日宴會吧。

受到親近對象發自內心的祝福，肯定比較開心。

「附帶一提，佩克菈，不和其他高階魔族們聚餐沒關係嗎？」

「已經安排立食形式了，沒有問題。另外最近還在行程中刻意規劃了多場聚餐，以減少違和感。」

佩克菈在這方面可不傻，早就安排妥當。

「好，那我就盡量慶祝妹妹的生日吧。」

桌上放著裝了水的瓶子，我端起來在佩克菈的杯子裡倒水。

「啊，姊姊大人，感謝您。」

「今天可是慶祝妳的生日呢。這點小事我會幫妳的。」

「那我也幫姊姊大人倒水。」

佩克菈也在我的杯裡注水做為回禮。

兩人的杯子都裝滿了水。

「佩克菈，生日快樂。」

「謝謝您，姊姊大人♪」

我將自己的杯子與佩克菈的杯子『鏘～』一聲相碰。

雖然我接受姊姊大人的立場，卻一直沒做過什麼有姊姊風範的事。今天就盡量為她扮演姊姊吧。

這就是我送她的生日禮物。

此時瓦妮雅端上料理。負責下廚的似乎是瓦妮雅。

「今天由我擔任主廚，魔王大人。祝您生日快樂。首先請享用黃泉菜與煉獄菜口味的冰沙。」

蔬菜的名稱聽起來很誇張，但可以得知這道料理是最高級的。

「佩克菈，如果妳有什麼困擾的話，可以找我商量。」

「要說有倒是有，可是姊姊大人，您應該不了解正規的政治議題吧？」

佩克菈語帶惡作劇地說。

「沒辦法啊。魔女就是魔女，可不是政治人物呢。」

「只要姊姊大人和我一起共度時光，這樣就夠了。」

這番話說得真好。

所以我也在不知不覺中說溜嘴。

「這點程度算是小意思啦。」

「那麼，姊姊大人可以陪我三、五天嗎？」

她突然變得厚臉皮了呢……

「五天嗎……如果讓我聯絡一下高原之家，應該可以吧……毫無音訊的話，大家可能會感到不安……」

因為之前沒有說要幾天回家，在這方面就覺得沒有簡訊的異世界好麻煩。

「五天就可以嗎，我知道了。主廚瓦妮雅小姐，請上主菜。」

「好！ＯＫ的喔！」

這種用詞真的很不異世界呢！

在佩克菈吩咐下，瓦妮雅將肉類料理端上桌。

一旁添加了散發強烈芳香的蘑菇。多半類似松露。

「這種蘑菇肯定是高級品吧。」

「是的，在人類的土地上端出這一盤，應該少說要五萬戈爾德。」

啊，這種類型的食材，多半會使用在餐廳讓藝人猜價錢的遊戲中……

當然，上輩子我從來沒去過那麼高級的店，所以開始感到緊張。

該說是緊張過度而感到美味嗎，我吃得出這股味道十分高級。

像是松露或魚子醬之類，昂貴的原因與其說美味，應該是稀少罕見。畢竟我是平民的舌頭，還無法完全認知這是美食……

「多吃一點喔。為了姊姊特地多加了些蘑菇呢。如果在店裡賣的話，比正常的菜色要貴個三倍喔。」

意思是十五萬戈爾德嗎！如果要自掏腰包，可是會流眼淚的！

「雖然很想推辭，但是在魔王面前客氣也說不過去。」

一邊心想這道菜價值多少隻史萊姆的魔法石，同時送進嘴裡。

肉與蘑菇一置於舌頭上，便彷彿迅速融化般。就是這麼柔軟。

話說回來，烹調這一道料理的瓦妮雅，手藝真不是蓋的……

就算排除冒失的個性，這能力也很厲害呢。

「附帶一提，范澤爾德城曾流行過某種遊戲一段時間。就是在超高級餐廳不看價格點餐，猜測與實際金額差異最大的人要幫所有人買單。」

「原來在任何世界，想法都一樣嗎！」

「還有人明明沒錢，卻因為能享用美食而參加，結果被迫當了一年的傭人呢。」

「風險也真是毫不留情耶……」

魔族偏好連懲罰遊戲都認真以對。因此雖然還經營類似賭場的店家，但別西卜告誡過我不要涉足。

「另外每年的年初，還會流行猜測頂級酒與廉價酒的遊戲。像是猜最高級葡萄酒與便宜葡萄酒之類。」

「好像也聽過類似的遊戲呢……」

「如果不斷猜錯，等級就會從『普通魔族』一路降至『二流魔族』、『三流魔族』。最後被認定成『不值一瞧』，被施加他人暫時認知不到的魔法。」

這方面果然毫不留情呢！

「話說別西卜小姐一度失誤連連，淪落到三流魔族……呵呵，當時她急得像熱鍋上的螞蟻呢……啊，這件事別對她本人提起喔。」

「原來別西卜遭受過這種處境啊！」

因為不是代代相傳的貴族，才在這方面露出馬腳嗎？掌握到不錯的情報了喔。
超頂級料理也在佩克菈的招待下，不用擔心錢包盡情享用，嗯，這次聚餐真棒。
不過，我可能太過掉以輕心了。
「好啦，姊姊大人。我有想要的生日禮物喔，可是很難弄得到呢。」
大約在端出甜點之前，佩克菈開口表示。
「唔，究竟是什麼？」
她會要我親她嗎……有點抗拒呢……
只見佩克菈一臉笑咪咪。
像是別人正好落入陷阱的表情。
肯定不是親吻之類的浪漫願望。
「我想要的東西呢，就是——摸起來毛茸茸的姊姊大人。」

在魔王惡作劇之下變成狐狸

想要摸起來毛茸茸的姊姊大人。

佩克菈清楚地說出口。

還露出格外甜美的笑容。

可是聽她這麼一說，起先我還不明白含意。

毛茸茸這個動詞，是針對貓之類毛很多的動物使用的。

「我不適合摸起來毛茸茸吧。只有頭上才有頭毛。」

「姊姊大人，知道這種高級蘑菇叫什麼名字嗎？」

啊，這個問題，我有非常不好的預感……

「這叫做狐狸變變菇。還有如果吃下去——」

「不用再說了！光聽名稱我就知道結果了！」

She continued destroy slime for 300 years

於是，我的頭頂與屁股部分突然開始發癢。
應該說癢得不得了……
不過並沒有持續很久。
取而代之，身上傳來長出什麼東西的感覺。
我戰戰兢兢地伸手摸了摸頭頂。
有兩個摸起來特別柔軟的東西。
然後我還伸手摸向屁股。
果然長了什麼東西……
「瓦妮雅小姐，能幫忙拿穿衣鏡來嗎？」
在佩克菈吩咐下，瓦妮雅送來一面又直又長的鏡子，面對我的方向。
鏡子中——
映照出頭頂上長出不折不扣的狐狸耳朵，以及長長尾巴的自己。
一言以蔽之，我變成了狐獸人。

「嗚哇啊啊啊！被附加奇怪的屬性啦！」

「姊姊大人真的好可愛！超越了在可愛領域內曾經霸榜的我呢！」

佩克菈擺出似乎非常得意的勝利姿勢。還有，她說在可愛領域內霸榜，這口氣還真大啊！

我完全落入了她的惡作劇圈套。

可惡！什麼生日想和姊姊一起聚餐，我被這些冠冕堂皇的理由騙了！佩克菈的人物形象才沒有這麼光明！

就算有光明的一面，但她可是貨真價實的魔王。這一點可不能忘記。

「要怎樣才能復原呢？」

「時間到了自然會恢復原狀。」

「那要多少時間？」

「依照姊姊大人吃的分量，大約五天吧？」

完全中了計。

意思是這一切都在佩克菈的計畫之中……

「如果姊姊大人想立刻回去，就幫您安排直達高原之家的班次，如何？」

如果這副模樣被人看見，我長年累積的形象就要崩塌了……

以前變成小孩子的模樣時，因為外表年幼還可以硬拗。

可是現在的我不僅保留之前的特徵，還由於獸耳的關係，看起來很孩子氣。

肯定會長時間成為家人的笑柄。

「在效果消失之前留在這裡……這樣行了吧！討厭的魔王！」
「嗯，因為我是魔王呀♪」
是沒錯。畢竟以日本的電腦搜尋「惡魔」的圖片，會出現很多可愛的惡魔女孩插圖呢。要騙人的話，可愛的形象或許比醜陋的怪物更有效。
「那麼請姊姊大人睡在我的房間吧。」
「不借給我別的房間嗎？」
「因為我早就想要的禮物是毛茸茸的姊姊大人呀。當然得好好把玩一番囉。」
說得還真是理所當然。
「這是什麼自私的理論啊！臭魔王！」
「就說我是魔王了嘛♪還有姊姊大人，您的尾巴正在不停擺動喔。」
一瞧鏡子，只見尾巴的確像節拍器一樣左右搖晃。
這究竟是生氣，還是激動狀態之下的擺尾呢。
由於我不具備這方面的狐狸要素，所以不得而知。
我現在連反抗的力氣都沒了。
「隨妳高興吧……好啦好啦，當作生日禮物行了吧……」
之後法托菈見到我的模樣——
平時冷靜沉著的她轉過頭去，顯然在憋笑。

「拜託，妳乾脆放聲大笑還好一點！或是到我不在的場所笑嘛！」
「不，當著本人的面前大笑很沒禮貌……噗……」
「已經十二分沒禮貌了好嗎！」
在復原之前絕對不能回高原之家……
「姊姊大人，話說這件事情尚未告知別西卜小姐。是不是瞞著她比較好？」
腦海中浮現見到我之後笑到岔氣的別西卜。
「瞞著她。」
我立刻回答。
而且要是讓別西卜知道，她肯定會將這件事情告訴家人。幸好沒辦法以手機拍照，可是一旦被她得知，我有可能再度被迫吃下狐狸變變菇。
「取而代之，也不能向別西卜小姐透露曾經淪為『三流魔族』的事情喔。」
「原來如此……若想隱藏自己的弱點，也得保密他人的弱點嗎？」
話說這件事情不是佩克菈主動透露的嗎，但她這番話也不無道理。
「總之，如果別西卜小姐戲弄姊姊大人，就可以搬出這個弱點了。」
好，就將這項情報當成報復用的武器吧。
「我暫時待在妳的房間裡……畢竟情況緊急，沒辦法……」
「對呀。畢竟情況緊急嘛。」

「是妳害我變成這樣的！」
看來我的狐獸人生活要就此開始了。
哎，活了足足三百年，真的，真的會面對各種事情呢。
另外在我走出房間時，尾巴被門夾了一下。
「好痛！痛死我了！」
打個比方，就像腳小趾踢到櫃子一樣！原來這條尾巴連痛覺都完整共享喔！
「啊，狐狸姊姊大人，要小心後方喔。因為命中判定變大了呢。」
「可惡……狐獸人到底有什麼優點可言啊……？」
我淚眼汪汪地撫摸自己的尾巴。
這條尾巴又大又長，甚至可以捧到自己面前，也難怪會被夾到。
可是仔細看尾巴後——
我甚至略微心想，毛皮還真是漂亮啊。
……拜託，在這種小地方產生優越感有什麼意義啊……
我實在不需要這種積極思考……
然後，我和佩克菈一起來到她的房間。
我實在不想被熟人撞見。話雖如此，魔族官員中我只認識別西卜而已，因此事實上，只要防範她即可。

中途還聽到擦身而過的魔族討論「有那種職員嗎？」狐獸人在魔族中似乎也不起眼。畢竟魔族是多民族社會。

話說回來，我不記得在人類世界見過狐獸人。難道有這麼稀有嗎？

佩克菈的房間十分寬敞，符合魔王的身分。其中還有好幾間其他房間，躲在這裡似乎沒什麼問題。

但是房間的主人佩克菈會不會幫忙則另當別論，這一點比較麻煩……

另外，有件事情我更在意。

桌上放著狐狸圖案封面的書籍。

「果然是預謀的……」

「不，姊姊大人，也有可能是出於偶然喔~怎麼可以懷疑妹妹呢。」

佩克菈得意洋洋地表示。

「妳喔……能力值全部點到惡作劇上了吧……」

「啊，姊姊大人，您的尾巴又在擺動囉。」

聽她這麼說，我回頭一瞧，發現尾巴真的甩來甩去。

「實在很難冷靜下來呢……」

「習慣之後狐狸變變菇的效果也會消失，尾巴和耳朵都會不見喔。只要忍耐五天就好。」

「這五天漫長得好像一個月……」

總覺得佩克菈的表情變得更加誇張。

她的手中握著刷子。

「好啦～姊姊大人，來梳理尾巴吧～」

「梳理尾巴……其實維持這樣就可以了，要梳的話也是我自己梳……」

「怎麼行呢！就算身為魔王，梳理寵物…………姊姊大人還是要親力親為。」

「夠了喔！妳剛才說了寵物吧！說了寵物對吧！」

即使她改口稱姊姊大人，但我絲毫沒有感受到敬意！

「是您多心了，我說的是姊姊大人喔。來，該說梳理姊姊大人的頭髮是妹妹的工作嗎？怎麼說呢，也就是說，是這個意思囉。」

「連藉口也雜亂無章。」

「有什麼關係嘛，也不會少一塊肉。而且建議您換上狐獸人專用的衣服比較好喔。若繼續這樣下去，等於強迫讓尾巴跑出來，其實不太好喔。」

這句話有道理。尾巴的確很拘束。

目前，尾巴從洋裝腰部附近的調整用縫隙伸出來。附帶一提，之所以會有這個縫，也是為了應對長著尾巴之類的種族。畢竟都有貓獸人居住了呢。

只不過並非獸人專用的服裝，因此穿起來不太舒適。有壓迫感。

「偶爾當個狐獸人優哉游哉，也不會受到什麼懲罰吧。所有照顧都由我一手包辦，敬請姊姊大人放心。」

連反抗都嫌麻煩的我點了點頭。

「好啦好啦。我是狐獸人亞梓莎喔～空、空。」

「空是什麼意思呢？狐狸可不會這樣叫喔。」

在這種地方要追求真實啊。

之後，換好衣服的我讓佩克菈梳理尾巴。

我躺在床上，尾巴受到刷子的梳理。

「呵呵呵，摸起來毛茸茸的真舒服。姊姊大人好棒喔♪」

「被摸的我可沒那麼開心喔。」

我呈現不抵抗狀態，任憑她把玩。

「我可以抱著這條尾巴睡覺嗎？」

「是無妨，但是梳理好的毛不是又會弄亂嗎？」

由於我幾乎沒有自己尾巴的自覺，其實怎麼被把玩都無妨。反正就陪她這幾天而已。

「對了，姊姊大人，變成狐獸人之後有任何變化嗎？」

佩克菈一邊梳理一邊問。

「變化？就是長出尾巴與耳朵啊——像外表這樣，所以妳是指其他的變化吧。」

「沒錯沒錯。像是耳朵數量增加，能聽見很遠之處傳來的聲音之類。」

詢問內容變得很科學，有種從寵物變成實驗動物的感覺。

「這倒沒有。何況這對耳朵有功能嗎……難道不是單純長在頭頂上？」

我想起戴著貓耳髮箍的人。

「不過尾巴被夾到會感覺疼痛，尾巴也會反應情緒而晃動。如此一來，產生其他身體上的變化也不足為奇吧。」

「聽妳這麼說——」

「其實幾乎沒有靠狐狸變變菇變成狐獸人的案例報告，所以我也不清楚詳情。請姊姊大人務必告訴我與平常有什麼不一樣。」

突然帶有學術上的意義。

「目前沒什麼差別。在自己感受到的範圍完全——」

我忽然產生一股奇妙的感覺。

這是怎麼回事……怎麼會產生食慾……？

「好想吃……」

但是和普通的食慾不一樣。這並非空腹感來襲。

而是更純粹而強烈的慾望！

「好想吃油炸豆皮……」

我脫口說出這句話。

難道是身為狐狸的本能，渴求油炸豆皮嗎!?

不，這不是單純的本能。即使是地球上的狐狸，沒吃過油炸豆皮的應該也占壓倒性多數。

換句話說，這是上輩子的知識，「狐狸喜歡油炸豆皮」造成的影響。

「姊姊大人，油炸豆皮是什麼呢？我沒聽過這種名稱的動物喔。」

佩克菈的聲音很正常。

沒錯，異世界沒有油炸豆皮。不存在這種東西。

可是我卻特別想吃不存在的東西！

「想吃油炸豆皮……好想吃……油炸豆皮、油炸豆皮……」

「姊姊大人，什麼是油炸豆皮？如果您不告訴我，我也無計可施啊。」

話說油炸豆皮是怎麼製作的……？

豆腐的副產品？毫無疑問是大豆的加工食品。

「豆腐店應該有在賣……」

「豆腐又是什麼呢？」

理所當然，連豆腐都沒有！

天啊，明明這麼想吃油炸豆皮，卻吃不到！

我猛然轉身，摟住佩克菈的雙肩。

「油炸豆皮，給我油炸豆皮！現在馬上給我！」

「姊姊大人，沒有油炸豆皮這種東西啦！」

不對勁。理性逐漸受到油炸豆皮壓抑……

「獻上油炸豆皮吧。將油炸豆皮獻給我這個姊姊！豆皮壽司也可以！」

日本人對狐狸的觀念正在影響我的行動。

這下子可不妙……我愈來愈無法克制自己了……

「姊姊大人……雖然很高興您對我感興趣，但是豆皮壽司又是什麼呢……？」

「身體實在無法冷靜下來……似乎是變成狐獸人的影響……」

身體，應該說腳自己展開行動。

我從床上起身。

「奇怪，怎麼回事……？」
該不會為了追求油炸豆皮，準備出門旅行吧!?
明明憑理性知道這個世界沒有油炸豆皮，本能卻忍不住渴求！
我縱身從床上跳起來。
不知是否多心，總覺得連跳躍力也增強了。
「佩克菈，不好意思，我不太能控制自己。我暫時出去找一下油炸豆皮！」
「就說油炸豆皮到底什麼東西啊？」

衝出佩克菈的房間後，我在走廊上奔跑。
意識很清醒。
可是身體卻不聽使喚地行動。
這什麼麻煩的身體啊……
而且鼻子很靈。前所未有地靈敏，可以聞到遠方事物的氣味。
這裡就是廚房吧。
抵達廚房後，只見瓦妮雅在洗盤子。
「天哪～盤子太多了，忙得不可開交呢～下次將許多料理盛裝在一個大盤子上，就能節省清洗時間了吧～——哎呀，這不是變成狐獸人的亞梓莎小姐嗎。」

我迅速逼近瓦妮雅。

「交出油炸豆皮來。油炸豆皮，油炸豆皮。」

「油炸豆皮？是什麼地區的料理呢？」

瓦妮雅當然也不明白。

「我想要油炸豆皮。事到如今，厚炸豆皮也無妨。像是福井或新潟等地，都有賣特別厚的油炸豆皮。」

「伏景有在賣嗎？可是距離范澤爾德城很遠喔。」

這個世界似乎也有與福井同音的地名。不，這種事情不重要。

「瓦妮雅，我可能因為變成狐獸人的關係，想吃油炸豆皮想得不得了。因此可能會在城內來回奔走一段時間……但我並非受到讓意識混濁的魔法影響……可能很快就會復原……」

我盡可能維持理性，嘗試說明。

「雖然聽不太懂，但我知道發生了問題。」

這句話實在靠不住，但總比她說完全不明白好得多。

「畢竟從來沒有吃太多狐狸變變菇這種高級食材的例子呢。可能因此引發暫時性的興奮狀態。過了一小時應該就會消退了。」

我心想那當初何必讓我大吃特吃嘛，但是在魔族的價值觀中，可能覺得沒什麼大不了。雖然對我而言非常困擾……

慘了。腳又不聽使喚了……

「那麼我要像隻狐狸一樣，踏上追求油炸豆皮之旅囉！」

「好的，請慢走！」

之後我在范澤爾德城來回奔波。

只要一見到魔族，就詢問「有沒有油炸豆皮？」

對方露出『那是什麼？』的反應，於是我再度尋找下一個魔族。

不知從何處傳來「出現了好像狐獸人惡靈的東西！」「沒交出油炸豆皮似乎會受到詛咒！」「誰會有這種神祕道具啊！」之類的聲音。

惡靈的傳聞在魔族城堡中不斷傳開……身為人類，這樣真的好嗎……？

但是腳步絲毫沒有停下來的跡象。

腦海中浮現無數炸成焦褐色的油炸豆皮。

油炸豆皮、油炸豆皮，香噴噴的油炸豆皮……

「不行，受不了！始終無法克制慾望！」

尾巴不停晃來晃去，同時我拔腿狂奔。

幾乎跑遍了整座范澤爾德城。

「喂！妳就是可疑的狐獸人吧？」
眼看要被警衛兵擋下來，結果他們像保齡球瓶般被我輕易撞飛。
「讓開，讓開！連我自己都停不下來！」
畢竟我已經滿級，區區警衛兵怎麼可能擋得住。
但是警衛兵依然接二連三湧現。
然後我接二連三撞飛他們。
「抱歉喔！可是連我都無計可施！」
「她強得離譜啊！」「動員軍隊！」「這是異常情況！」
我甚至聽到這些聲音。
眼看騷動規模愈來愈大……可是這並非我的責任……應該吧。讓我吃下狐狸變變菇的佩克菈要負責……應該吧。
來到庭院後，只見魔族大軍聚集在面前。
「妳在做什麼！」「那隻狐獸人站住！」「再不站住就要使用攻擊魔法了！」
可惡！完全被當成可疑分子！
「交出油炸豆皮來！不交出來的話，我就要惡作劇囉！給我油炸豆皮否則搗蛋！」
「她果然在說神祕的詞彙！」「小心一點！有可能是古代魔法！」

「既然沒有油炸豆皮，那就唯有用擠的衝過去！」

我撞上魔族軍隊，將所有人一同撞飛。

以保齡球而言，就是一記全倒。

唔……受害正在一步步擴大……

接著出現一名比之前的警衛兵更加魁梧的男性魔族。

「可惡的傢伙，給我停下來！我可是范澤爾德城四天王最強的男人，賽爾凡！」

中頭目等級的人物終於來啦！

「不能對擾亂城內安寧秩序的分子置之不理！這裡就是妳的葬身之地！在地獄後悔吧——」

「交出油炸豆皮！」

我狠狠撞上那名魔族。直接連他一起撞飛。

看來我快攻下整座城堡了耶……

「唔……狐獸人，還真有兩下子……可是魔王大人的力量，才不只這樣……」

就是魔王害我變成這樣的好嗎？

「四天王最強的男人被打敗啦！」「快點聯絡魔王大人！」「召集學者！有沒有學者知道油炸豆皮是什麼意思！」「順便找熟悉狐獸人的學者來！」「各位，魔族要團結一心，克服這道難關！」

當我是怪獸嗎？哥吉〇喔。

「知道油炸豆皮的學者來了！」「哦，做得好！」

唔，真的有油炸豆皮嗎？

是焦香四溢，可以加在味噌湯裡，可以煎得酥酥脆脆，也可以配生薑醬油吃的油炸豆皮嗎？會是黃豆的濃郁滋味擴散開來的油炸豆皮嗎？

「聽說古文書記載，地底下封印著叫做尤札鬥屾的魔獸！」「意思是那隻狐獸人與古代魔獸有關係嗎？」「難怪她的力量這麼強！」

這絕對一點關係都沒有！

附帶一提，那隻叫做尤札鬥屾的魔獸還被召喚出來——

「結果一點也不像油炸豆皮嘛！還從嘴裡長出類似觸手的東西！」

這隻魔獸我也一擊打倒。

之後我繼續在范澤爾德城東奔西跑。

連另外三名自稱四天王的人也撞飛。

換句話說，我似乎打趴了四天王……

再這樣下去就要攻陷整座范澤爾德城了……

不過，我偶然感覺到曾經聞過的氣味。

鼻子果然變得十分靈敏。

別西卜站在我的正面。

「喂，那隻狐獸人，站在那裡別動。」

不愧是魔族幹部，架式十足，散發出強烈的頭目級角色氣勢。但是不算在四天王之內，代表別西卜比他們還弱嗎？

「小女子是農務省之首，農務大臣別西卜。基於省命令，小女子要拘禁妳。」

「官腔十足的發言出現啦！」

「……總覺得妳長得非常像熟識的高原魔女，但這一點先不予理會。嗯，肯定是多心了，多心了哪……」

只見她還一臉錯愕，肯定早就識破了。

畢竟我只是長出狐狸耳朵和尾巴，容貌等特徵依然沒變。

「有什麼辦法！是佩克菈的錯！我也控制不了自己的身體！」

我同樣朝別西卜撞過去。

反正就算真的撞飛她，也不會造成致命傷。

之後再幫她施加回復魔法，所以原諒我吧。

但不愧是別西卜。

以雙手使勁擋住了我。

「小女子已經某種程度上看穿了妳的行動。可以暫時擋住妳！」
「雖然說謝謝有點怪，不過謝謝妳……」
但可能是我的力量很強，只見別西卜不斷往後退。
我簡直就像發狂的大象……
這時候別西卜的臉略為往後仰。
「法托菈，將那東西拿出來！或許那個會有效！」
似乎早已在後方待命的法托菈，抓起某個東西衝向我。
「亞梓莎小姐，請嘗嘗看這個！」
然後塞進我的嘴裡。
頓時，我的嘴裡充滿香噴噴的大豆香氣。
這是油炸豆皮？不，不是。可是……即使不是，卻很好吃！
無上幸福的時光流逝！
力量舒暢地脫離身體，我當場跪倒在地。
「啊～就是這一味～我就是想吃這個～」
我大致上知道，自己現在正露出非常愉悅的表情。
「呼，順利搞定了哪。向狐獸人職員打聽並調查，果然是正確的選擇……」
「對啊。強制被變成狐獸人的那一位，嗜好和狐獸人似乎十分接近呢。」

別西卜與法托菈在聊些什麼，附近還見到兩名狐獸人站著。

「狐獸人好像喜歡精靈的黃豆加工品，名叫比蘭瓦的食物。妳也喜歡這個味道哪。」

啊，話說回來，精靈會使用類似醬油的調味料呢。

意思是還有許多其他黃豆加工食品嗎？

咬了一口名叫比蘭瓦的食物後，我終於恢復冷靜。

◇

之後，我被帶回佩克菈的房間。

而佩克菈被別西卜相當嚴厲地斥責了一頓。

「魔王大人，這次您真的闖出了大禍。光是掩蓋這起事件都是相當大的規模哪。」

「……對不起，玩笑開得太過頭了。」

佩克菈也一臉沮喪。

她大概當初也沒想到會鬧得這麼大。

就算想幫她說話，但我也是當事人，實在很難開口。

「尤其四天王統統被撞飛，喪失了自信。目前正在接受心理諮詢哪。」

哇～！我讓人家受了心理創傷……真是過意不去……

「別西卜小姐，經由這次事件，得知范澤爾德城的防禦機制有問題，結果還不錯吧？」

「這是兩回事！」

啊，這就叫做半吊子的藉口反而招罵……

最後佩克菈確定正式道歉，似乎還制定了狐狸變變菇的攝取量限制。而我則被迫充當了實驗白老鼠。

不過總而言之，事情就此告一段落。

接下來只要等狐獸人的狀態消退之前，乖乖別亂跑就好——

「話說啊，亞梓莎。」

別西卜轉過頭望向我，讓我有些驚訝，尾巴跟著豎起來。

難道還要罵我嗎……畢竟我的確惹出了麻煩……

「妳的狐獸人模樣……這個……相當可愛哪……」

「啊？」

總覺得她這番話裡有蹊蹺。

別西卜對我露出情不自禁的眼神。

怎麼回事啊……她該不會服用了春藥之類？

不，不對。

她注視的對象不是我——而是我的尾巴！

「能不能讓小女子撫摸毛茸茸的尾巴？摸起來肯定很舒服。是可以減輕壓力的類型哪。」

「咦！那是什麼反應啊……」

「有何不可，反正也不會少一塊肉。況且這次的善後處理，小女子還得多加班哪。」

被她這麼一說，還真的無話反駁。真是賊。

「知道了啦，讓妳撫摸可以了吧……不過只能摸尾巴喔，耳朵可不能碰。」

「嗯！小女子明白！」

別西卜一臉甜美的笑容表示。

話說回來，單身的人會養寵物當作內心的支柱，以緩和寂寞的感覺吧。

以前當社畜時，如果有ＯＬ養貓，好像會被人指指點點「那女人放棄結婚了」。

「哦，這種毛茸茸的感覺真是舒服～不僅有溫柔包覆的感覺，還兼具緊密貼合的觸感哪～！」

於是這幾天，我不只讓佩克菈、還讓別西卜毛撫摸了一番。

我前往弗拉塔村購物，見到萊卡正在村子的教堂幫忙組裝工程鷹架。

「哎呀～有萊卡妹妹的幫忙，進展神速呢！」

教堂的人低頭表達感謝之意。

「不會。這點小事，舉手之勞罷了。」

「祝福幸運造訪萊卡妹妹與家人。啊，這是在教堂聖別過的羊肉，方便的話就帶回去吧。」

「肉！真是開心！吾人會絲毫不剩地享用的！非常感謝您！」

這一瞬間，萊卡特別興奮！

難道她一開始就以肉為目標嗎？不過就因為力氣大，老是被迫做白工也有問題，以雙方妥協的結果而言還不差。

機會難得，於是我與萊卡一起回家。

「我現在才發現，這個世界原來是多神教呢～」

透過萊卡幫忙教堂工程，我想起這件事。

奇幻世界雖然多為歐洲風格，但是會信仰妖精，或是各式各樣的神明。因此與其說歐洲風，或許該說更像羅馬帝國。

「吾人不太了解宗教這種困難的事情，不過許多種族在世界上生存，信仰的神明自然也會增加吧。」

「啊～有道理。畢竟有各式各樣的種族居住呢。」

光是說人話的種族就為數不少。因為這已經是常識，或許才會偏向多神教。

「這方面的事情如果請教夏露夏，她肯定會詳盡地告訴我們。」

「啊，我們家正好有專家呢。」

我拍了一下手。

◇

當天晚上，我告訴夏露夏「想了解關於神明的知識」，只見夏露夏似乎挺起胸膛。

看來她充滿了幹勁呢。

「交給夏露夏吧。夏露夏為大家上課。」

然後夏露夏抱著一本非常厚重的書前來。

書名叫《神格大事典》。

哇塞……內容記載的全部都是神明吧，到底有多少啊……

但或許也不足為奇。日本應該也有在賣佛像事典或神明事典之類的書籍，畢竟世界上有數不清的神。

「那麼，夏露夏要開講了。」

「好，麻煩妳囉。」

雖然向女兒學習感覺有點怪，不過夏露夏的年齡也超過五十歲，當大學教授很正常。

「距今大約一千五百年前，有位鼎鼎大名的哲學教授提倡過，神明可能是人類創造出來的概念。但是不僅上了宗教法庭，還有好幾位神明在法庭上現身，導致教授被大學放逐。」

我從一開始就深深感受到，這個世界與前世究竟有多大的差距……

「對啊，神明會出現也不足為奇呢。」

在這個世界我尚未見過神明。

但卻見過好幾位妖精。

依照地區的不同，妖精很自然會成為信仰的對象。因此要說神明確實存在也未嘗不可。

這個世界裡也有神。

雖然不知道是否具備絕對的力量，但多半存在。

所以我猜想，神學應該也朝相當不一樣的方向進化了吧。

夏露夏繼續講解神學課。

「目前的神學已經確定神明存在。但是究竟有多少神明，則並非有限的人類力量能找到的答案。」

「嗯，這部分我大致上明白。」

假設完全了解神明的概念，代表人類與神明具備同等的力量，而這應該是矛盾的。

「至於最近的神學主要議題，則是『關於神明的定義』。各學派對於該從哪個階段視為神明的意見眾說紛紜，完全無法達成一致。」

畢竟活了幾百年的對象多如過江之鯽嘛……

很難區分從哪裡開始算是「神」，到達什麼程度叫做「只是很厲害而已」。

「有些學者提倡過，活了千年以上的人或可視為神明，但這個論點被打了回票。」

「若依照這個定義，佩克菈與別西卜都算是神了……」

或許魔王本身就接近神明，但是要信仰她實在有難度……畢竟她太缺乏威嚴了……

誰會崇拜三番兩次惡作劇，還會模仿偶像的女孩呢……雖然某種程度上，偶像或許的確是崇拜的對象。

「先說結論，目前認為『眾人視為神明的對象就是神明』。」

「這是爭執定義時最穩的結論！」

換句話說，怎麼解釋都行嗎？

畢竟實際上，這個世界本來就無奇不有……沒辦法……

「另外，每年各地都會產生流行神。這位神明據說有拜有保庇，隨處可見吸收大量信眾的例子。其中多半很快就會衰退，一部分則長期受到信仰，不知不覺中成為傳統而扎根。」

「原來如此……或許宗教就是這樣出現的……」

不久之前變成狐狸讓我想起，雖然日本自古以來就存在稻荷神（註1），但應該是在江戶時代急速擴大信仰。記得看過電視上這樣介紹。

這時候夏露夏啪噠一聲闔起書本。

註1　穀物、食物之神的總稱，相傳狐狸為使者。

「接下來將會提到個別的神明。不過媽媽應該不會想聽，所以就到此為止吧。」
「嗯，我大致上明白了。謝謝妳喔。」
比我想像中更快結束。
只知道神明在這個世界，算是比較曖昧的事物。
「附帶一提，最近有一位叫做梅嘉梅加神的流行神。」
這名字聽起來好像腦袋不太好……
「據說只要詠唱梅嘉梅加神的箴言，就會湧現力量，或是身體不適症狀消失，找到失蹤的一隻襪子，以及提升戀愛運之類。信徒目前在王國各地不斷增加。」
「等等等等一下！聽起來實在太可疑了！」
什麼叫找到襪子啊，竟然會為了這種事情而信仰喔……
夏露夏翻開不同於厚重事典的另一本書。
標題叫做《最新的流行神！這位神明好厲害！》。書名突然變得好隨便。
「這裡有詳細記載。」

最新的流行神！

這位神明好厲害！

詠唱梅嘉梅加神的箴言，就會產生驚奇的效果！

- 多虧神明的箴言，我考上了大學！（沙堂州，十九歲男性）
- 多虧神明的箴言，我和男朋友上壘了喔！（雷克特蘭州，二十三歲女性）
- 多虧神明的箴言，老毛病腰痛消失了！（瑪克森特州，五十四歲男性）
- 多虧神明的箴言，我真的接連找到了襪子喔！（王都，三十四歲女性）

還真的找到了襪子耶！

有種神明的概念突然降低到近在眼前的感覺。

就算朋友突然說「我有朋友是神耶～」也不會覺得奇怪，就是這種等級。

「可是啊，大家居然會信仰這種可疑到不行的神明呢……多半是因為有保佑才有人信仰吧……」

「沒錯，保佑。對於流行神而言，這才是最重要的關鍵。」

夏露夏的身子湊過桌子，貼近臉龐。

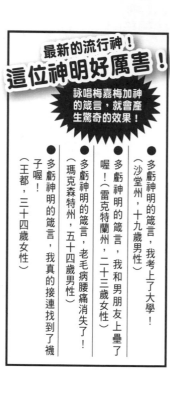

看來她非常想解釋呢。見到女兒熱心的模樣，身為母親也相當欣慰。

「首先，所謂的保佑大致上分為兩種。一種是現世保佑，像是脫離危難，或是好事臨門之類。」

找到弄丟的其中一隻襪子，也屬於這一種。

「另一種是死後的保佑，例如死後也能獲邀進入美好的天堂，或是轉生為國王之類。」

或許我上輩子死得太不正常，神明才會讓我成為長生不老的魔女吧……

「大多數流行神都會強調現世的保佑。例如想受歡迎，想成為有錢人，或是想長壽，神明大多會實現這種世俗的欲望。」

「還真是栩栩如生，不過有道理。」

就算說死後能獲得幸福，但誰又知道死後會是什麼樣子呢。

我雖然有強烈的上輩子記憶，但這本身接近特例吧。

遇到有點輕浮的女神大人，才轉生到目前的高原之家附近。

「換句話說，速效性的就是流行神，更加正統的則是傳統神明，大致上是這樣吧？」

「嗯，這個解釋很適當。」

夏露夏點了點頭。

雖然聽過不少神明的事情，但如果排除神明確實存在，能肉眼可見也不足為奇這兩點，這個世界的宗教也和地球十分類似呢。

「只不過，這位梅嘉梅加神還有特別的要素。據說要見到祂比較容易，好像才因此吸引信徒。」

「能見到祂啊……謝謝妳的說明，夏露夏。媽媽現在弄明白了。好啦，差不多到洗澡時間囉，和法露法一起去洗——」

「我回來了～！」

傳來哈爾卡拉充滿活力的聲音。話說回來，她今天回來得真晚呢。

而且，哈爾卡拉雙手捧著奇怪的東西。那不是日本的扇子嗎？看似骨架的材質並非塑膠，而是竹子之類，上頭再貼上紙張。

「奇怪，這個世界裡有這種東西嗎？」

真要說的話，其實任何人都有可能想得到。

「啊，這是向來到工廠下訂單的人要來的。哎呀～真感謝訂這麼多貨的顧客呢～！」

我看著寫在扇子上的文字，差點喊出奇怪的聲音。

上頭以這個世界的文字，寫著「梅嘉梅加神」這幾個字。

「問一下，妳的工廠接到了什麼委託啊……？」
「客戶要求製作標籤上使用神明圖案的營養飲料，而且訂購的數量相當龐大呢。
真是太感謝梅嘉梅加神啦！」
類似官方商品之類嗎……
「這是試作品。看，瓶子上的標籤有梅嘉梅加神的插圖吧？」
上頭畫著一位看似女神的人物，但由於經過變形，看不清楚細部的容貌。
附帶一提，注意事項上寫著以下內容。

⚠注意事項

- 本製品為與『哈爾卡拉製藥』共同製作的營養飲料。即使飲用也不會發生疾病立刻痊癒等奇蹟。敬請注意。
- 一部分銷售額將會貢獻給梅嘉梅加神。購買本產品會累積德行。

「啊，原來不是『絕對能治病的水』那種黑心生意啊……終究只是營養飲料……」

看來哈爾卡拉沒有成為保健產品詐騙之類的幫凶。

「我們公司也不會接受有風險疑慮的委託喔。這位梅嘉梅加神說啊，奇蹟終究是看個人的德行來決定的。透過累積德行，就會發生奇蹟。」

流行神的宗教似乎也十分謹慎，以免被人控告。

「附帶一提，這叫做『德行集點卡』。」

哈爾卡拉掏出一張名片大小的紙，上頭僅蓋了一個印章。

「我是參與製作營養飲料，因此獲得了一個印章。」

這種想法與餐飲店的集點卡一樣……

好比累積十個印章，就能換一個免費的甜甜圈……

夏露夏似乎也很感興趣，仔細端詳那張『德行集點卡』。

「欸，哈爾卡拉小姐，既然有這張卡，代表已經成為梅嘉梅加神的信徒了嗎？」

啊，話說回來，這方面該怎麼算呢？

「不不不，梅嘉梅加神不需要登錄會員。」

又出現了很不宗教的表現方式。

「那個教派只要見到累積了德行的人，就會自動發一張集點卡。當然也可以拒絕不收，但是反正沒有義務每天向梅嘉梅加神念經祈禱，因此就先收下了。」

哈爾卡拉是錢包裡塞滿各種集點卡的人呢。

我想起在旅行的景點購物時，收到這種集點卡的時候，會有種莫名的罪惡感。

由於幾乎確定不會再來，特地收下也毫無意義；可是拒絕又不好意思，因此還是會收。

「梅嘉梅加神的劃時代之處，在於即使信仰完全不同的神明，只要行為端正，就可以基於德行崇高的理由加蓋印章。因此信仰其他神明的人，也會因為互不牴觸的關係而不斷收下集點卡喔。」

雖然整句話槽點不斷，但似乎沒有害處，所以沒關係吧……

「啊，話說回來，聽說梅嘉梅加神這次要蒞臨南提爾州的首府，維達梅喔。」

「咦，神明直接前來嗎!?」

也難怪我會驚訝，畢竟這可是神明親自蒞臨。

可不是聖誕老人出現在車站前。

「是的，聽說梅嘉梅加神正以與信眾交流為主題展開活動，因此巡迴各地喔。藉由直接見面，獲得許多信眾呢。」

「來者該不會又是以前的庫庫那樣的人吧……」

吟遊詩人庫庫曾經以絲琪法諾雅這個藝名進行過類似巡迴演唱的活動，那種世界觀感覺很中二病。

「媽媽，那位梅嘉梅加神或許屬於遊行神。這樣就解釋得通了。」

夏露夏用了類似專門術語的困難詞彙。

「遊行神是什麼意思？」

「是不會停留在同一個地方，四處移動的神明型態。以妖精舉例的話，例如風之妖精總是在移動，即使睡著了都會以人類一天步行距離的七到八倍速度移動。」

風之妖精怎麼移動方式像颱風一樣啊……

「所以說，那位梅嘉梅加神即使四處奔波也不足為奇吧。」

「就是這樣。而且梅嘉梅加神並未隱藏身影，因此只要去見她，就能輕易目睹尊容。這在過去的遊行神當中也十分特殊。」

不是可以見到面的偶像，而是神明嗎？

「當然，詳細情況還需要觀察。」

原來在這個世界，連神明都是觀察對象啊。

依照對話內容，我大致上知道夏露夏接下來會說什麼了。

「媽媽，夏露夏想看一看那位神明。」

夏露夏跳下椅子，來到我身邊後，伸手拽了拽我的衣服。

「好呀～我也沒見過神明呢。王都多半有不少神明，但是平常不會現身。」

我也對神明的模樣感興趣。

畢竟似乎無法輕易目睹，如果不久後會前來，代表這也是某種緣分。

「好啊，那我們就去看吧，也告訴其他家人一聲喔。」

一瞬間，夏露夏的表情變為與年齡相符的天真笑容。

「夏露夏好開心呢。」

好，光是能看到她的笑容，我就很滿足了。

◇

出乎意料，這一次家人的興致都不高。

芙拉托緹和桑朵拉都回答沒興趣。

羅莎莉也表示「我很怕神……以前當惡靈躲在建築物內的時候，發生過不少事……」。

以前到底發生過什麼啊……

法露法則表示「要和桑朵拉一起玩」。

照這樣看來，異世界對神明似乎也興趣缺缺。

差不多等於『搞笑藝人出席附近大學的文化祭，要去看看嗎？』這種等級。沒興趣的人就完全沒興趣。

自己不信仰的神祕宗教神明，會覺得無所謂也很自然。

萊卡似乎也沒什麼興趣，但她答應「可以送您往返」，因此來回沒問題。

「不只是紅龍，龍族幾乎都不信仰神明。到底是為什麼呢？」

「因為龍族本身就接近神明了吧……」

即使有一絲不安，騎著龍型態萊卡的我、夏露夏與哈爾卡拉還是前往州首府維達梅。

抵達維達梅後，立刻發現公告欄上貼著「梅嘉梅加神來了！」的廣告。

果然有進行事前宣傳呢。

而且還有像是信徒的人發給周圍群眾寫著神明名字的扇子（就是哈爾卡拉之前拿的）。

那也算是拉人信教的活動嗎？

「還真是熱情呢，不愧是當下流行的神明。」

「哈爾卡拉沒覺得不對勁啊。我光是看到這種廣告就感受到文化衝擊了……」

只不過仔細一瞧這張廣告，發現上頭寫著更奇怪的內容。

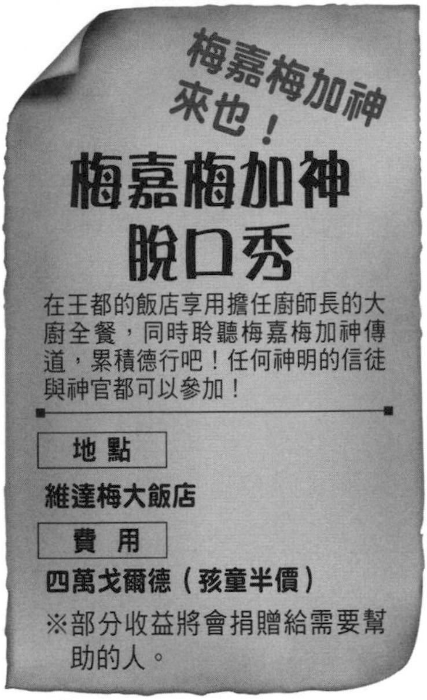

梅嘉梅加神
來也！
梅嘉梅加神
脫口秀
在王都的飯店享用擔任廚師長的大廚全餐，同時聆聽梅嘉梅加神傳道，累積德行吧！任何神明的信徒與神官都可以參加！
地點
維達梅大飯店
費用
四萬戈爾德（孩童半價）
※部分收益將會捐贈給需要幫助的人。

「來者絕對可疑！」

這太不妙了吧！濃濃的聖誕晚餐秀氣氛耶！

冒牌貨的感覺實在太強烈了！

「師傅大人，不行啊！這附近可能有狂熱信徒！如果批評的話，有可能激怒他們！」

身為正經社會人士的哈爾卡拉阻止了我。

「呃，可是……這種世俗過頭的神明有點……舉辦這種超普通的脫口秀真的沒問題嗎……？一點也沒有神明的莊嚴……」

「噢，還沒向媽媽說明神的歷史呢。」

夏露夏來到我的正前方。

「很長一段時間，神明都被看待為神聖的、莊嚴的對象。」

畢竟是神明，當然神聖啊，不莊嚴的話怎麼行呢。

「但是從某一時期開始，有人批評神明過度神聖，缺乏暖心的感覺；另外還不斷報導神明的醜聞之類，導致神明的信用跌落。」

「醜聞是什麼意思!?怎麼回事啊!?」

出現了和神明聽起來一點也不相襯的詞彙。

「『給北部地方的守護神。最近人類的信仰心不足呢，還有許多人吝於奉獻供品。另一方面，有神認為只要有信仰心，即使不捐獻也無妨，這種觀念也有害。沒錢怎麼經營神殿啊。終歸一句話，這個世界上就是得靠錢。還看不明白嗎？西部地方守護神敬上。』──曾經發生這段可能出自西部地方守護神的話，突然刻在神殿牆壁上的奇蹟。」

與其說奇蹟，文字內容雖然很勁爆，但該不會只是神明的抱怨吧……

「隨後神殿還出現『西部地方的守護神，你不小心寫在牆壁上了啦……』這句話。由此可以確定神明之間的對談被人類發現。」

天啊！好像業界同行私下溝通的郵件外洩一樣！

「當時還爆發不要信仰神明的運動，鬧得不可開交。據說有幾間神殿面臨經營困境而解散。」

「神明在搞什麼鬼啊……」

「這件醜聞導致『傳統的神明不可信』、『以為有了傳統就得意忘形』、『祂們根本不甩平民的心情』等意見頻傳，醞釀出古老神明已經不行的氣氛。最近雖然好轉，卻已經蒙受重大的打擊。」

該怎麼說呢，可以解釋引發類似宗教改革之類的事件嗎？

畢竟時間一長，任何業界都會腐敗呢。

「這時候，做為對抗傳統神明的主軸，流行神在各地誕生。多數教義透過任何人都能理解的積極語言，賦予人們勇氣。」

「像是製作扇子，雖然採取的方式很像偶像，但或許宗教改革就是這樣。」

解釋經典如果變得過於困難，部分了解經典的聖職者就會大權在握，而這也會成為腐敗的原因。在反作用力影響下，也會興起讓教義更簡明易懂的運動吧。

「所以梅嘉梅加神不算特別怪異。這種流行神多不勝數，大半在熱潮結束後就會遭人遺忘，不過其中一部分會逐漸化為新的傳統。」

夏露夏，媽媽知道妳應該沒有惡意，但這番話有點毒舌喔。

「謝謝妳，夏露夏。現在我對神明十分了解囉。」

夏露夏害羞地紅著臉，嗯，好可愛。

「由於說明得非常簡略，就算提出異議或反駁也不足為奇。細節請參考家裡的《世界宗教史論概述》，一千五百頁的書籍。」

「……嗯，如果能看的話我會看的。」

「師傅大人，絕對不會看的時候才會說這句話吧。」

結果我被哈爾卡拉吐槽。

「我、我又沒說我不看……？哪天心血來潮就會看好嗎……？」

因為一千五百頁實在太厚了……簡直像磚頭一樣……可以當成武器使用了吧……

暫時先將那本書擱在一邊——

「那就去看看梅嘉梅加神的脫口秀吧。」

夏露夏頻頻點頭。果然，她似乎十分感興趣。

「可是一個人要四萬戈爾德啊……不少錢呢……」

「亞梓莎大人，吾人會找間咖啡廳之類打發時間。」

萊卡這麼說。既然不是粉絲，誰會想參加藝人的晚餐秀呢。

「師傅大人，別擔心。海報上寫說孩童半價，因此夏露夏妹妹只需兩萬戈爾德。」

「夏露夏能算是孩童嗎……她超過五十歲了耶……」

反正不是寫「幾歲以下半價」，所以應該不算詐欺吧。只要主辦方認為她是兒童就好。

於是我們前往據說梅嘉梅加神會蒞臨的維達梅大飯店。

◇

維達梅大飯店似乎是維達梅州郡中最豪華的飯店，與冒險家投宿的髒兮兮旅館有天壤之別。

「舉辦的場所十分正式呢。」

「神明究竟是什麼樣的人呢？聽別人說，好像是美麗的女神喔。」

「唔～美麗的女神啊……」

我心想，應該不會出現扮裝成女神的佩克菈吧。

魔王以女神自稱後現身——那個最愛惡作劇的魔王的確有可能想出這種鬼點子。

不，也不能這樣過度挖苦她。

夏露夏似乎滿心期待能遇見神明，眼睛炯炯有神。

會場內還擺放了可能是梅嘉梅加神的圖畫。

彷彿哈爾卡拉變成美麗女神的美麗繪畫，還長了天使般的翅膀。

我總覺得好像曾經見過，卻記不清楚。

好像很久以前曾經見過這一號人物……

畢竟活了三百年，像是兩百五十年前發生過的事情，我已經忘得差不多了。

可是見過神明應該不會那麼容易忘記吧。是我多心了嗎？

付錢給櫃檯的信徒後，對方表示：「這些錢會妥善地運用在教會營運上！不會挪用到奇怪的用途，敬請放心！若要索取明細的話會提供給您！」

「因為最近信徒的眼光也愈來愈嚴格，會留意『真的是為了教會而使用？不會挪做私用嗎？』了呢。每個教會都很注意金流的透明性。」

哈爾卡拉告訴我這個業界的常識。教會也是各種不容易呢。

我們在帶領下來到三人座的圓桌座位。

前方高出一階，神明應該會在那裡現身吧。

「夏露夏想記錄今天的內容。」

夏露夏已經備妥了筆記本和筆。

等待一段時間後，看似司儀的人物出現在前方。

「現在，梅嘉梅加神即將登場。敬請各位鼓掌歡迎！」

結果不只鼓掌，還出現好多揮舞梅嘉梅加神扇子的人！

這樣好嗎？神明蒞臨之前，這樣的氣氛合適嗎？

然後，會場的簾幕同時拉上，房間跟著變暗。真的是晚餐秀的形式呢……

算了，沒差。

總而言之，神明要登場了。

究竟會是什麼樣的人（應該說神）呢。

登場的人是——

「哈囉～大家好～我就是之前介紹的梅嘉梅加神～今天要開心地累積更多德行喔～」

一位似乎有著天使翅膀，稱她為女神也不為過的女性。

畢竟在黑暗的房間中，只有那位女性發光，照亮整個室內。

以這個世界而言，由於有魔法這種概念，無法立刻斷定她就是神，但確實很莊嚴。雖然語氣有些隨便。

可是，我果然覺得不是第一次見到她。

在哪裡見過這位神明呢，在哪裡……

————啊！

「是當初讓我轉生的女神大人！」

我忍不住從座位上猛然站起來。

對啊。當時對話非常簡短，而且又是三百多年前，記憶也逐漸變得模糊不清。但畢竟是轉生這種特殊事件的前後，所以還依稀記得。

她絕對是當時的女神大人！

讓當社畜過勞死的我，轉生成為長生不老魔女的女神大人！

眾人視線集中在站起身的我身上，連女神大人都在看我。

「哎呀呀……妳該不會……是……」

沒錯！是我，相澤梓！

「是誰啊……？總覺得好像在哪裡見過妳……難道是偶然相似嗎……似乎很久以前見過容貌……不，是我多心了嗎……」

連她也忘記了！

「這個，如果說我是亞梓莎，您知道是誰嗎？大約三百年前左右成為魔女的人。」

「啊！那位亞梓莎小姐啊！哎呀～真是奇遇！原來還有這樣的呢！哇～今天真是來對了！不可思議的緣分呢～」

女神大人以左手摀嘴，右手不停揮舞。

似乎成功讓她想起來了。雖然舉止缺乏莊嚴，但果然是本人。

四周也跟著議論紛紛，「梅嘉梅加神的朋友嗎？」

最重要的是，坐在一旁的夏露夏拉了拉我的衣服。

「媽媽，妳認識梅嘉梅加神嗎？之後告訴夏露夏吧。」

對喔，對夏露夏而言是值得驚訝的事。

類似電視上出現藝人時，父母突然不經意說出「我和他國中的時候同班喔」，小孩感到驚訝的現象。

「亞梓莎小姐，目前正在進行脫口秀，許多想說的話下次再聊吧。能麻煩您先坐下來嗎？」

「啊，我站起來了呢。不好意思……」

既然女神大人這麼說，我只好坐著。

總不能以認識對方的原因擾亂現場吧。

之後司儀再度出現，正式開始脫口秀。

司儀（以下簡稱司）：「梅嘉梅加神為何會降臨到這個世界呢？」

梅嘉梅加神（以下簡稱梅）：「首先向各位解釋一下神的世界。在神的世界也分為幾層階級喔～上位階級的神明並非在領導特定的世界，而是數個世界之處工作。就像比起在各地分店工作的職員，在本公司大樓工作的職員比較大一樣。」

這個比喻也太現實了。

司：「這麼說，梅嘉梅加神是受到派遣至這個世界的嗎？在神明當中不算很大？」

司儀的這個問題也頗失禮呢。

梅：「不，我的立場是領導好幾個世界，但由於想重視在現場與人交流等因素，才再度降臨至這個世界。還是想多在現場工作呢。畢竟要看到眾人的笑容，就只能在現場啦。」

司：「哦，光聽字面上的意思真是了不起啊！了不起到簡直像說謊呢！」

司儀，拜託多尊敬一下神明好不好？

梅：「嗯。接著降臨到這個世界之後，究竟該如何給予眾人夢想與希望，我思索了一段時間，然後我想到了某種方法喔。」

哦，究竟是什麼呢？
總覺得這有可能成為這門宗教的關鍵。
梅嘉梅加神掏出一張小型名片大小的紙。

梅：「我製作了『德行集點卡』，並且四處分發喔！」

話說回來，的確有這張卡呢！

梅：「樸實地反覆做好事，是創造美好世界最重要的元素喔。各位可以想想看，就算突然想要救濟世界，老實說，根本不知道如何著手呢。更何況一不小心，還會引發戰爭喔。」

司：「噢，明白，明白了。」

梅：「所以我覺得，應該更重視微小的善行。可是光呼籲眾人累積善行，聽起來太過空泛了。所以才藉由製作成『德行集點卡』可視化，試圖引發眾人的幹勁呢。」

司：「原來如此。的確會讓人想累積印章呢。」

梅：「啊，各位，也嘗嘗看菜餚吧？要是冷了就太浪費了。享用美食並感到高興絲毫不是壞事喔？如果只是刻意選擇苦難或受苦，那只能算是自我滿足喔～」

偶爾也會說出很莊嚴的話嘛！

梅：「更何況如果忍耐過苦行，就宣稱自己很偉大的話，那只是單純的被虐狂吧？千萬別相信這種人說的任何話喔？因為自己受苦而叫別人也受苦，在理論上根本就矛盾吧？」

雖然說的內容大致正確，卻絲毫沒有神明該有的模樣……

可是從我一開始見到她的時候，她就一點也不像神明……

司：「請問在梅嘉梅加神的眼中，當今世界上有那些事情是錯誤的呢？」

梅：「如果誇下海口要改善世間的亂象，結果總會一事無成呢～所以對於這個問題，我無可奉告。」

神可以說這種話嗎……？

附帶一提，夏露夏一直在做筆記。

內容是這樣——梅嘉梅加神如此回答。混沌不明，不得要領的言語會化為蠱惑人心的毒素。神明刻意保持沉默。

拜託，她哪有使用格調這麼高的表達方式啊？

梅：「從一日一善這種小地方開始努力吧。此外像是別急著否定他人，下定決心後專心致志之類，其實這樣就可以了。『德行集點卡』就是為了這樣而準備的。」

司：「**意思是達成這些事情後，就會累積『德行集點卡』吧。**」

梅：「是的。只要向附近的信徒申報，就能請他們幫忙蓋章喔～」

司：「**話說回來，這張卡片如果全部蓋滿後會怎樣呢？**」

沒錯，我也想問這個問題！

但是女神大人微微一笑，如此回答。

梅：「領取下一張卡，收集新的印章吧。累積德行是沒有終點的，一直到死為止喔。」

聽她這麼一說，的確是這樣。

做了十件好事，所以可以做三件壞事，這種論調有毛病。
好事必須一直反覆做才行。
夏露夏深深點頭同意。
「勸說民眾累積永無止境的德行，這種態度讓夏露夏深受感動。」

至少對夏露夏的教育而言，是相當不錯的機會吧。

於是，脫口秀本身平靜地落幕。
原本擔心會有更加激進的教義，但是女神大人只講常識等級的內容，也難怪可以向普羅大眾傳播。
最後還附帶女神大人來到所有人的桌旁，又是聊天，又是握手等活動……
「今後敬請繼續支持梅嘉梅加神～我是梅嘉梅加神。敬請多多指教～我是梅嘉梅加神喔！」
好像參選的政治人物耶。
夏露夏十分熱心與她握手。
「頭一次與神明握手。可以成為一輩子的紀念！」
「不過要確實洗手喔。如果手一直髒兮兮，很容易生病喔～」

連這方面都很有常識呢……

然後活動正式落幕。觀眾紛紛離去之際——

司儀主動朝這邊走過來。

「您是亞梓莎小姐吧。女神大人找您，希望您前往後臺一趟。」

能私下與女神大人見面真的很高興。畢竟她可能是唯一知道我上輩子的人物（？）。

不過，司儀用的是「後臺」這兩個字啊……

◇

我連同夏露夏與哈爾卡拉，向坐在後臺椅子上的女神大人打招呼。

兩人頻頻表示非常光榮。光榮是真的，可是興高采烈的感覺完全像是遇見藝人呢。

接著，女神大人面露笑容，以簡明易懂的方式回答夏露夏的專門問題後，向我開口。

「亞梓莎小姐，能請妳來其他的房間一趟嗎？」

「好的，女神大人。」

我有好多話想說，這樣正好——但我忽然又感到害怕。

畢竟對方可是讓我轉生的神明。

或許她能控制我的命運，甚至是生死。

例如她應該不會說，我已經活很久了，要我轉生到其他世界去吧……？

我想太多了……

可是我沒有根據能斷定絕對不會發生這種事。

對方可是神明。我怎麼可能知道神明的想法。而且正因為是神，很難說不可能吧。

我在空房間內與女神大人面對面。

再次見到女神大人，發現她的確充滿威嚴，而且真的在閃閃發光。

「好久不見了，女神大人。所以說……請問，究竟有什麼事情呢……？」

一對一之後，果然會感到緊張。

感覺冷汗順著脖子流下來。

我想一直待在這個世界。

當社畜的上輩子倒是能輕易拋棄（不如說就是因為過勞死，只能選擇拋棄），但我不想拋棄現在這個世界！

我有好多家人與朋友。雖然是三百年來，最後這短短幾年才擁有的，但卻是無可取代的事物。

拜託，希望是以輕鬆的語氣閒話家常！

希望能像姊妹會一樣聊聊天！

女神大人緩緩來到我的面前，伸出手來——

接著握住我的手。

「哎呀～真的好久不見了呢！想不到竟然能在這種場合相遇～！真是太巧了呢～！」

啊。

語氣十分隨便，代表不會發展成嚴肅的局面。暫時讓我鬆了口氣。

「不是什麼可怕的事情吧？應該不用擔心吧？」

「不用喔～只是因為詳細聊轉生的話題，可能會造成其他人混亂，才換個地方而已。」

太好了，太好了。心中的不安完全消除了。

附帶一提，我已經隱約向家人透露過自己曾經轉生的經歷。

許多長壽種族似乎不太拘泥於自己的過去，因此我並未受到懷疑。

「亞梓莎小姐，看妳這麼有精神真的太好了～我也對自己的成果感到自豪呢～！」

原來這位女神大人天性就是這麼隨和。或許比言詞特別沉重又深奧的神明更容易贏得信賴吧。

「多虧女神大人，我現在的生活十分開心。如果可以的話，今後我希望一直在這裡生活呢～」

「噢，沒問題。儘管繼續住下去吧！三千年、三萬年都可以！」

輕易就答應了呢。

要是活三千年的話，這個世界可能都發生十五次工業革命了……

「不過女神大人，為何會選擇降臨在這個世界呢？不是還有很多世界嗎？」

對於住在這裡的我而言，會覺得這是個開心的世界。但那算是久住為安，已經產生先入為主的觀念。

「啊……妳問這個問題嗎……還是要問啊～」

不知為何，女神大人一臉苦笑，搔了搔臉頰。

怎麼回事，難道有什麼尚未說出的真相嗎……？

「那就只告訴亞梓莎妳喔。希望妳別告訴其他人喔。這是與神明之間的契約喔？絕對要遵守，知道嗎？」

臉龐逐漸接近我，女神大人壓低了聲音說。

「我知道了。既然是與神明的約定，我會遵守的。」

希望不是這個世界快要毀滅這種可怕的內容。

希望不會像打鬥漫畫的劇情一樣，為了防止世界毀滅，叫我也一起戰鬥。

「其實啊～我遭到了降職，身分變成這個世界的現場管理者喔～哎呀～真是丟臉～」

出現了公司職員最不想聽到的前幾名詞彙。

「降職是什麼意思呢，女神大人？」

我一臉錯愕，與女神大人略為拉開距離。

「就是這個意思。因為高層認定我在職務上有問題……結果得暫時在這個世界度過。所以說，今後也請多多指教囉。」

女神大人低頭對我鞠躬。

由於對方是女神大人，我也跟著回禮。

「請問是做了什麼而被降職呢……？該不會毀滅了世界之類吧……？」

「欸～我看起來像是那麼可怕的女神嗎～？沒有啦，這樣會做惡夢耶。我做的事情更加和平喔～」

「也對……女神大人看起來不會做這種事……不過神明遭到降職，不是很嚴重嗎……」

至少應該不是盜用公款吧。雖然有沒有公款這種概念是個謎。

「這件事情可別告訴別人喔？」

女神大人以食指抵住嘴唇，示意我保密。連這部分都很隨興。

「就是啊，當初讓亞梓莎妳轉生時，不是說過我對女性特別好嗎？」

「畢竟是三百年前的往事，印象很模糊了，但好像有聽過……」

否則我哪能輕易成為長生不老的魔女呢。

「特別優待女性，被視為違反性別平等喔～才會從天界降職成單一世界的神明～！」

要說歧視的話，的確是！

「那麼您說自己自願降臨到這個世界，是騙人的嗎!?」

脫口秀的時候的確是這麼說的！

「沒錯，的確是謊話。因為要是說實話，有可能導致男性信徒無法增加嘛。會讓人覺得我這個神對女性偏心呢。」

「我知道您想表達的意思，但是神明可以說謊嗎……？」

總覺得這才是特別不應該做的事情耶……

女神大人將雙手搭在我的肩膀上，然後這麼說。

「規定就是用來破壞的呀。」

「這是神明絕對不可以說的話吧！」

再怎麼說，連我都想吐槽了！我甚至連敬語都忘了！

「哎呀，別那麼死板嘛。」

「在這種地方鬆懈不太好吧!?」

「我在這個世界孜孜矻矻凝聚信徒，努力讓世間變得更美好是真的！事情的起因不重要，過程才是重點！」

在我心中對這位女神的敬畏之意急遽減少。

「附帶一提，梅嘉梅加神是您的本名嗎？」

「不。因為我是女神（註2），所以姑且取名為梅嘉梅加。」

「這也好隨便喔！」

一想到是這樣的神賜予我目前的人生，就有種難以言喻的心情。

註2 日文為Megami。

不過正因為她如此隨便，我才過著三百年的慢活吧。況且她對女性特別好，才讓我成為長生不老的魔女……

立場上無法全盤否定她也是事實……

「所以說，今後請多多指教囉，亞梓莎小姐。如果又發生什麼麻煩事，再拜託妳啦！」

「不對，反了吧！人類有困難才會依靠神明吧！」

神明要是遭遇麻煩，我怎麼可能知道該如何處理，拜託您自己想辦法吧。

然後女神大人交給我某件東西。

是蓋了三個印章的『德行集點卡』。

「參加今天的脫口秀，所以蓋一個德行章。願意幫我隱藏祕密，所以追加兩個章喔。」

「原因幾乎都出在女神大人身上嘛！」

◇

之後夏露夏與哈爾卡拉不停問我，究竟與女神大人聊了些什麼。

「這個啊～她鼓勵我今後也要好好加油……」

我並沒有說謊。

應該說，其實撒謊也沒關係吧。因為連神明都撒了謊啊。

「不愧是媽媽，器度大量。」

夏露夏對我露出羨慕的眼神。

不過，器度大量這句話讓我想起。

那位女神大人沒說自己因為想要帥而遭到降職，而宣稱為了讓這個世界變得更好而降臨吧……

難道女神大人的器量狹小嗎……？

話雖如此，就算坦承自己遭到降職也不會有人獲益。對眾人幸福有助的謊言是可以原諒的嗎？當然這會變成神明原諒自己，或許想了也是白想。

「那麼與在咖啡廳的萊卡會合後回去吧，比我想像中還累呢……」

主要是精神疲勞，或是幻滅呢。

「與神明直接對話果然會消耗精神力。媽媽，今天就好好休息吧。」

「夏露夏真是體貼呢！」

我緊緊摟住夏露夏。

給予我遇見如此可愛女兒的契機，就是那位女神大人，她果然是我的大恩人。

即使夏露夏一開始憎恨我，但現在已經成為親愛的母女。

嗯，女神大人說得沒錯，事情的開端不重要。現在我和夏露夏很幸福，這件事實才是重點。

我以這種感覺強行讓自己接受。

「師傅大人，之後可以像夏露夏妹妹這樣，也給我一個擁抱嗎？」

哈爾卡拉提出奇怪的要求。

「沒有關係啊。擁抱有恢復疲勞的效果呢。來，偶爾抱一個吧！」

「為什麼呢……妳又不是我的女兒……」

「那就一下下喔……」

由於她特別堅持，我輕輕摟了她一下。

胸部大大地抵在我身上。

「啊～好療癒喔～」

「我倒是產生一股無名火……為什麼會這麼有彈性啊……？難道提高了防禦力嗎？」

由於回應了哈爾卡拉的要求，因此藉由自我報告，在梅嘉梅加神的『德行集點卡』上追加一個◯的印章。

「哈爾卡拉小姐，將軍囉。」

「等、等一下！萊卡小姐，這一步等我一下！」

萊卡與哈爾卡拉在飯廳下棋。棋子與在日本見過的類型不一樣，但基本規則似乎大致相同。

「要等倒是無妨，可是哈爾卡拉小姐，就算等一步應該也無法翻盤喔。」

「唔……真是厲害……我在伏蘭特州當地的排名，好歹也是業餘二段呢……」

「吾人曾經在紅龍棋藝大賽的兩百歲以下部門得過亞軍。」

種族差別太大，強弱指標讓人一頭霧水……

另外比起兩百歲以下部門，總覺得應該設置超過兩百歲的部門比較好……這方面不愧是壽命很長的龍族……

「欸欸，這個世界的棋藝也有頭銜之類的嗎？」

例如棋聖、王將之類的名人頭銜。

「頭銜嗎？就我所知，應該就只有冠軍而已。」
邊將棋子收進盒子裡的哈爾卡拉表示。
「而且依照地區不同，規則也有些差異喔～像是伏蘭特州黑暗精靈等族，還有叫做流浪者的棋子喔。」
「流浪者是可以離開盤面的棋子吧。加入這種棋子就會出現運氣因素，並不恰當。」
萊卡似乎也知道這種棋子，總覺得有點複雜呢。
「個人認為這樣玩起來才過癮耶～不過己方在優勢之下，國王突然被流浪者打敗而翻盤落敗時，的確會抱怨『哪有這樣的』呢。」
原來是這種一擊必殺的棋子喔！怎麼能這樣！
這時候芙拉托緹衝了進來。
她應該買完東西回到家，但怎麼慌慌張張的？
「萊卡，不得了，不得了啦！那個開始了喔！」
「什麼事情啊。大手大腳的很吵喔……」
萊卡向一點也不細膩的芙拉托緹抱怨。
「龍王戰開始了！已經到了這個時期啦！」
龍王戰!?是將棋界的頭銜之一，決定誰是龍王的對戰嗎？

不過這個世界應該沒有將棋，這麼說來——

「哦，原來棋藝也有龍王戰這種頭銜啊。」

「棋藝？那是什麼啊，主人。芙拉托緹才不玩棋藝這種小家子氣的遊戲。龍族當然要比拚力量啊。」

以這種好像『冬天就該吃火鍋才對』的感覺較勁，好像哪裡怪怪的……

「那麼龍王戰究竟是什麼意思？」

「所謂龍王戰，就是決定地表最強之龍的龍族大賽。」

原來一如字面意思，是決定龍王的大賽！

「那吾人也必須參賽才行呢。要考驗累積的鑽研成果，這可是絕佳的機會。」

哦，萊卡似乎也很有幹勁呢。

「我芙拉托緹也要讓所有龍族見識自己的力量。萊卡，在和我芙拉托緹交手之前，可別中途落敗了喔？」

「那當然。妳才應該小心別輸了呢。」

「哼，不用妳擔心。我不會再像上次一樣忘記報名，結果導致無法參加了！」

雖然她的口氣高高在上，但是還真糗！

「附帶一提，會場在森林龍族公民會館。萊卡，我們一起去吧。」
「好好好。那麼吾人得先準備一番才行。」
已經以參加為前提討論了呢。
「亞梓莎大人，不好意思，能不能讓吾人放一天假呢。」
「嗯，小事一樁。不如說，能不能全家一起參觀龍王戰呢。」
小孩子絕對會對這種題材感興趣。
「不過龍王戰是從一大早開始的長期抗戰，預賽沒辦法觀賞呢。請各位中午過後再來比較好——啊，可是沒有龍族的話，前往會場很麻煩……」
萊卡和芙拉托緹如果都提早出門的話，的確不容易去。
「主人，應該會有許多龍族來到龍王戰會場附近，倒是可以打發時間。芙拉托緹可以帶大家一起去。」
「那就拜託妳囉。」
最後決定，全家從前一天就出門，前往森林龍族的土地。
連平時倨傲的桑朵拉，「森林或許會很有趣呢。」都顯得有些坐立不安。
這應該是植物表現心情雀躍的方式吧。

◇

不用說，森林龍族的土地上隨處都可見到龍。

但其實大家都呈現人的外表，所以給人的印象是一大堆長了角的人。

「全都是龍耶！好棒喔！」

「這是珍珠龍，而那是黑龍。有各式各樣的龍族，簡直就像龍族博覽會呢。」

「龍族踩踏植物都毫不留情，好可怕……還好他們都變成人類的外型。」

只有桑朵拉害怕龍族。也難怪，若從龍族原本的尺寸來看，連樹木都能一腳踩扁吧……

「桑朵拉妹妹，森林龍族在龍族當中是選擇保護森林環境，與森林共存的族群喔。所以在這裡的期間內不用擔心。森林龍族平時維持人類的外表，也是這個原因。」

身為精靈的哈爾卡拉解釋。提到森林，哈爾卡拉果然比較了解。

「在這裡即使是折斷一根樹枝，都會被關進監牢喔。請務必小心。」

「好嚴苛的世界……」

羅莎莉利用身為幽靈的特點，不斷在附近徘徊。

「哎呀～原來還有這樣的世界啊～建築物竟然幾乎都是岩窟呢。」

沒錯，森林龍族似乎基本上住在類似橫穴的地方。
木造房子得消耗大量木材，所以多半沒辦法。
不過房間內部經常燃著火炎，顯得十分明亮。這些柴薪是利用廢棄木料，好像十分環保。
「嗯，長壽果然有好處。世界上還有許多不知道的事情呢。」
羅莎莉，這句話可以解釋為等待別人吐槽嗎？不過我還是先說囉。
「妳根本沒有長壽吧。以意義而言，叫做長幽靈。」
「對喔，的確是這樣！」
原來剛才是不假思索說出的嗎……

◇

當天大家在森林龍族的旅館住宿。
可能受到龍王戰的影響，房間幾乎客滿，但還是勉強訂到了房間。
然後到了隔天。
萊卡與芙拉托緹清晨四點就前往會場。
真的好早……行程表也太趕了……

「亞梓莎大人，吾人要上場了！」

「主人，芙拉托緹會贏得本屆龍王的！」

我雖然起床送她們出門，但還是覺得好睏，又睡了回籠覺。

大約七點半再度醒來的我，與其他家人一起前往旅館的餐飲區。

另外旅館從一大早就提供特別多的綠色蔬菜汁，孩子們十分抗拒。

「嗯～!!好苦喔～！」

「這和毒藥沒有太大的差別。應該努力做得好喝一點。」

「根本就是同類相殘……我一口都不會喝。況且也沒必要喝。」

桑朵拉不喝倒是沒有問題，可是法露法與夏露夏為了健康（？），還是希望她們能喝下去。

「兩位，加點蜂蜜喝起來會更順口喔～」

哈爾卡拉提出不錯的建議。好，兩人都加油吧。

「哈爾卡拉姊姊，這樣的話法露法只想舔蜂蜜。」

「贊成姊姊。夏露夏身為妹妹，要跟著姊姊做。」

結果還是不喝啊……算了，無妨……

「這股苦味很過癮呢。我要再喝一杯。」

只有哈爾卡拉特別能忍。果然是精靈。

那麼，今天上午該怎麼度過呢。

在龍王戰預賽進行期間，找個地方觀光吧。

老實說，法露法和夏露夏都非常聰明，就算帶她們到類似博物館的地方都能盡興，所以身為母親並不傷腦筋。

「各位，早上就去這本冊子上寫的森林龍族生活資料館看看吧。」

「主人，資料館很無聊，建議去別的地方。有沒有能讓芙拉托緹大肆胡鬧的地方呢？」

「欸~別說這種話，去參觀嘛——————哎、哎呀？」

聽到不可能回答的回答，我朝聲音的方向望過去。

「不會吧!?芙拉托緹!?」

芙拉托緹竟然在我的面前！

「難道妳在預賽就輸了嗎？龍王戰有這麼嚴苛喔……？」

再怎麼說都太難以置信了。芙拉托緹應該是足以領導藍龍的強者才對……

「主人，芙拉托緹完全發揮不了本領……其他藍龍也全軍覆沒了……」

這種戰鬥漫畫的劇情是怎麼回事啊……

變成原本以為很強的敵人其實才B級，上頭還有一大堆A級或是S級的敵人……

「是哪種龍族這麼強？難道還有我不知道的龍族嗎……？」

「要說哪種龍族，其實有很多種啊。萊卡應該能順利通過預賽吧。」

怪了，萊卡與芙拉托緹之間有這麼大的差距嗎？

「難道妳碰上了冠軍候選嗎……？」

「不，連比拚力量的機會都沒得到。」

該不會因為犯規落敗吧。

「預賽考的是筆試，但是芙拉托緹完全不會，結果輸了。」

「居然考紙筆測驗喔!!」

龍王戰的開局也太硬核了吧！

「由於完全不會寫，因此四選一問題全部選一，結果只答對了二五％。」

以機率而言的確會是這樣。

「龍王戰是挑選具備品格的龍族，所以還會考筆試。」

根本就是為了防止藍龍這樣，馬上就想比拚力量的族群獲選才設計的制度吧……

「附帶一提，第二輪預賽是四人一組進行辯論，只有前兩名可以晉級。」

到目前為止，比賽一點也不龍族。

「芙拉托緹，要吃早飯嗎？」

「好的。不過蔬菜汁很苦，所以芙拉托緹不太想喝。」

龍族一般都是肉食性，不喝其實也無妨。

由於芙拉托緹跑回來，於是我們在森林龍族的土地上閒逛。萊卡應該能順利通過預賽。

總覺得好像變成了陪考的父母呢。

走在森林龍族的鎮上，聽到四處傳來預賽落敗的龍族們嘆息的聲音。

「想不到會考角的哲學……」「不覺得最近飛行學愈來愈常考了嗎？」「最後那一題，結束前一刻我改成相反答案，結果原來的答案才是對的……」「從小依序排到大的問題，我弄錯成從大排到小了啦～！」

最後那一個，是考生常犯的錯誤呢……以前我在日本大考中心測驗（註3）的時候，數學科也犯過相同的錯誤……事後對答案的時候，頓時陷入絕望……

另外桑朵拉出乎意料地心情不好。

註3 類似學測。

「這裡的森林十分深邃，光線照不進來。光是走路就好累……」

對喔，就算是森林，光線要是不夠的話，桑朵拉也沒辦法接受呢。

「欸，我累了，背我吧。好累喔。」

桑朵拉特地強調原因。

以精神年齡而言，正是愛撒嬌的時期嗎？

「好啦好啦，我背妳。」

於是我蹲下來，等待桑朵拉。

夏露夏露出羨慕不已的表情，不過這時候法露法開口。

「身為姊姊，現在要忍耐。因為光合作用很差，桑朵拉走得很辛苦。」

「……嗯，知道了。鐵杵磨三百年也會成針。」

這應該是諺語吧，但是磨三百年也太久了。

「嗯，景色真不錯。而且在高處也比較晒得到陽光。」

桑朵拉的心情明顯好轉許多。讓人背感到很開心吧。雖然她討厭被當成小孩看待，但根本就是小孩子嘛。

不知道桑朵拉會不會長大，不過要茁壯地成長喔。

這時候羅莎莉飛過來。

「大姊，正式賽程好像快開始了。預賽似乎比原定行程更快結束喔！」

哇，原來是不太會給觀眾福利的大賽喔……

「走吧！在森林龍族會館對吧！」

◇

我們急急忙忙前往會場。

公民會館入場免費，裡頭幾乎都是龍族。

不如說，非龍族的觀眾該不會只有我們而已吧。

像是司儀的人出現在舞臺上。頭上長著角，應該也是龍族吧。

「各位觀眾久等了。現在請順利晉級正式賽程的三百七十四名選手登上舞臺！」

人數也太多了吧！預賽階段怎麼不多篩選一點啊！

化身人型的龍族勉強在舞臺上列隊，或者該說擠滿。看，因為人數過多，已經有人上不了臺了……

而且女性的比例特別高，應該說我只看到女性呢。

難道龍族是女性比較強嗎？

「接下來進行第一輪正式賽程。第一輪的比賽內容是藝術。請參賽選手在三十分鐘內畫出帥氣的龍族！」

還不開打喔！

拜託，這在預賽就該進行了。放在正式賽程裡很奇怪吧……

不過會場內沒有任何人提出異議，代表這似乎很正常。

紙和筆逐一發給所有參賽者。真的要讓她們畫啊。

「主人，這應該不需要在會場觀賞吧？」

芙拉托緹這番話完全正確。

「也對……我們就算在現場也無事可做……連加油都很奇怪……」

「不如說以正式賽程而言太過樸素，所以才會比預定行程提早進行，想淘汰部分人吧？」

「芙拉托緹，妳從剛才腦筋就很靈光呢……」

意思是就算筆試拿不到分數，也不代表腦袋不好嗎？

「會場逐漸變暗了……」

桑朵拉就這樣睡著了。就算不是桑朵拉，這種場合也讓人想睡。

三十分鐘後，正式賽程第一輪結束。再過三十分鐘後，結果揭曉。

「能晉級第二輪比賽的，是接下來唸到的一百人！」

還是太多了！

不過大約在第六十七人，出現萊卡的名字。

「真了不起！萊卡小姐晉級前一百名龍族了喔！」

哈爾卡拉似乎一直沒睡，專心聆聽。

「唔……雖然值得高興……可是這麼一來，畫技差的話豈不就無法當龍王了嗎……」

不過下一場比賽，終於有點龍族的感覺了。

「第二輪比賽為飛行速度對決！」

毫無疑問，聽起來非常龍族！

「緬托雷特州的佐達達山，頂端有檢查站，在該處領取束袖帶後回到會場來！只有前二十名能晉級準決賽！」

不知道以龍族速度而言，算是短距離賽跑還是馬拉松。但終於能測試萊卡的體能高低了。

可能由於淘汰到剩一百人，出發前略為瞥見萊卡。

加油啊，萊卡。憑妳的能力，肯定能贏的！

萊卡也露出集中精神的表情離開會場。

不過啊，這場比賽究竟要等多久呢……

「主人，可能要花將近一個小時，最好去吃午飯比較好喔。」

芙拉托緹告訴我。畢竟身為龍族，似乎知道大致上的時間。

「要這麼久啊……話說，這場比賽幾乎沒有觀眾會感到有趣的要素呢……」

「因為龍王戰終究只在龍族內有名啊，有趣的部分可能不多吧。」

「所以入場才免費嗎……」

就算在外頭晃，也幾乎沒有龍族以外的種族呢……

然後我們簡直像素食者一樣，在森林龍族的餐廳內吃了一頓以蔬菜為主的午餐後，才回到會場來。

不過入場觀眾與剛才明顯不同，人數多了不少。

還好我們提早回來，很快就出現了站著看的觀眾。

因為接下來的二十人終於要展開戰鬥的關係吧。

從觀眾的熱情也可以感覺得到。

會場籠罩在期待感之中。

第一名的龍終於回到會場。

頭上的角黑得發亮，頭髮也是黑色的，應該是黑龍吧。

而且始終維持人類型態，似乎是在外頭變成人形才進入會場。這部分雖然欠缺魄力，但若以龍族的尺寸一一返回可能會有危險，沒辦法。

接著又接二連三有龍回來。
即使過了第十人，依然看不見萊卡的蹤影。
「天啊！因為她幾乎沒有在練習飛行……明明不能只練習戰鬥啊！嗚哇，根本無法冷靜！」
芙拉托緹焦急得如熱鍋上的螞蟻。
即使平時鬥嘴，還是非常認真地幫萊卡加油。
第十五人與第十六人接連回來。
還剩四人嗎……萊卡，快回來吧……
第十七人。
又是別的女孩，不是萊卡。
我雙手緊握祈禱。
拜託，萊卡！快回來！
第十八人。這次是獨角類型的龍。依然不是萊卡。
可是就在她身後——
我熟識的龍族少女，手握束袖帶回來了。
萊卡搶下第十九名！
「她成功了，主人！」

芙拉托緹激動得摟住我。剛才她肯定十分坐立難安吧。
我也同樣擁抱芙拉托緹，共享喜悅。
「好厲害喔，萊卡小姐！」
「萊卡大姊！成功了！」
「萊卡姊姊，太好了！」
家人們也跟著聲援。
「真了不起。希望接下來也以冠軍為目標，卯足全力。」
夏露夏雖然十分冷靜，但確實以她自己的方式表達興奮。
終於剩下二十名參賽者。
好，萊卡，接下來就是展現修行成果的時候了。
擔任司儀的龍再度現身。
「接下來終於到了準決賽。由巧妙發揮龍族的特性，也就是飛行能力的二十名參賽者在準決賽中較勁。接下來能晉級決賽的只有兩人！」
二十人會剩兩人嗎？一下子淘汰掉不少人呢。
這麼說來，要比賽大亂鬥？
「準決賽為龍族小姐比賽！從晉級者當中選出最美的兩名龍族！」
我在觀眾席上差點摔跤。

原來決賽之前都不戰鬥啊！

「這樣太奇怪了吧！選拔龍族小姐，要是有男性晉級該怎麼辦？如果男女各十人的話，倒是可以分別挑選一人，但男女比例不均衡的話不是很奇怪嗎？」

「主人，沒有關係。因為這場大賽是『龍王戰　女性部門』。」

芙拉托緹說出衝擊性的一句話。

「哎呀……？話說回來，舞臺上好像只有女性……」

「是的。男性部門的舉辦年度不一樣，比賽是男女有別的。」

就像將棋的職業女棋士又不一樣嗎？不，問題不在這裡。

然後我再度環顧觀眾席，結果發現一件事。

吃完午餐回來後，原以為怎麼變得這麼擁擠——

會場幾乎都是男性龍族。

目標是觀賞龍族小姐嗎！難怪大家這麼嗨！

「話說回來，依照年份的不同，聽說發生過準決賽結束之後，就有一半觀眾離場呢。」

「觀眾的反應也太正直了！」

絲毫不隱藏龍族小姐選拔才是主要目的……

「不過從參加者的角度來看，等於成為公認最了不起的龍，當然會以成為龍王為目標。萊卡應該也想追求這種頭銜。」

這麼一說有道理。

就算要選拔龍族小姐，參賽的女性可並非抱持半吊子的心態。

更何況這還是準決賽。

能晉級決賽的終究只有兩人。

「看到現在，我的感覺是這場龍王戰一直徹底避免一對一對決呢。」

哈爾卡拉說出很有播報員定位的發言。

「嗯？這是什麼意思？」

「一旦上演一對一對決，即使是一千人當中第二強的人，一開始就碰上最強的人依然會輸。我猜想，就是為了減少靠運氣決勝負的現象，大賽才會設計成避免直接較勁。」

「原來如此……怪不得篩選方式怎麼這麼粗糙，但是反過來說，減少了運氣決定輸贏的現象嗎……」

如果完全透過戰鬥選拔，就會造成強者相互衝突，還會導致有人受傷，很有可能無法依靠純粹的能力排名。

或許這也是大賽的有趣之處，不過龍王戰的目的是確實選出最強的龍。

相隔一段休息時間後，準決賽龍族小姐選拔終於開始。
首先是十位評審入場後就座。相當正式呢……
「參賽選手一號，珍珠龍桑朵・赫蕾娜小姐！」
登場的是銀髮少女。而且相當漂亮。
龍族化為人類型態時，俊男美女的比例相當高。
如果我是男性龍族的話，肯定會很興奮，想去會場觀戰。
「不過對於男性龍族而言，沒有看見龍型態，不就沒有意義了嗎……？」
「不，主人，身為龍族的美貌同樣會傳承至人類型態，這一點不用擔心。還有，如果不變成人類尺寸就進不了會場。」
龍族的芙拉托緹告訴我這方面的知識。
「是嗎？所以說，這樣算是正常囉。」
此外，評審不會公布分數。否則最後一名會很沮喪。
「話說師傅大人，像這種比賽由於印象會被覆蓋，所以後半部分較為有利。萊卡小姐是第幾位登場呢？」
「哈爾卡拉，碰到這種時候，妳特別有解說員的架式呢。」
況且她還擔任社長，或許客觀評鑑能力也很高吧。
「看來既不是從飛行比賽的第二十名反序登場，也不是從第一名依序上臺，而是隨機選擇。可能的話以第十六名左右上臺較為理想。」

「這我明白，可是如此一來，終究是以飛行速度較快的二十人登臺吧。而不是從一開始就為了贏得龍族小姐選拔的二十人。應該不至於發生——等級不如單純的龍族小姐選拔吧。畢竟龍族都很可愛……」

明明透過測試體力挑選出二十人，登場的龍族卻都是美少女。照理說龍族內應該也有歐巴桑，不過在比賽中無法名列前茅，當下就會遭到淘汰了吧。

可是，萊卡的可愛在龍族中究竟排名多少呢？

即使萊卡的可愛是毫無疑問的事實，但如果只在龍族內比較，則又是未知數。我又沒有長時間持續觀察過龍族少女。

而且評審（雖然呈現人類的模樣）全都是龍族，所以會以龍族的價值觀接受評價。

希望萊卡的可愛對各種龍族都有效。

少女一登場，會場便掀起歡呼聲。男性龍族在這方面真是正直啊……

另一方面，龍族小姐的評審都露出非常認真的表情，似乎一直在抄筆記。雙方的熱中程度成鮮明對比。

即使是這種大賽，但依然非常認真。

然後到了第十四人。

喊到了萊卡的名字。

她穿著比平時略為豪華的禮服。

真的好可愛。比平時更加可愛！遠遠也能看得出來！

只不過，奇怪的事情發生了。

會場並未響起歡呼聲。

不如說，簡直像深夜般鴉雀無聲。

意思是大失所望嗎？拜託大家發現萊卡的美貌吧！

可是我當然不能開口這麼說。

如果身為觀眾亂說多餘的事情，肯定會降低形象。

可是萊卡並不介意——不，心情緊張而無暇顧及的她，迅速開始自我介紹。

「這個……吾人是紅龍族的萊卡。為了總有一天成為龍王，今天才會參加大賽……雖然吾人還不夠成熟，但如果能晉級決賽，希望屆時能傾盡全力一戰！」

萊卡在此既不打算討好評審，也不知道如何討好。

最後加上一句。

「敬請各位多多指教！」

僅止於此。

隨後——

會場響起至今最轟動的尖叫加油聲！

並不是因為萊卡不行而鴉雀無聲。是因為很可愛，觀眾才屏息以對！

雖然不知道接下來還會出現什麼樣的強者——

但目前確定是單獨第一名！

即使萊卡紅著臉離開舞臺，依然餘音繞梁了一段時間。

「大咖一登場，氣氛果然會改變耶……」

如此陳述感想的哈爾卡拉，之後依然一臉恍惚地張著嘴。

「萊卡果然很厲害呢……原來萊卡的可愛是全龍族共通，不，全世界共通啊……」

「主人，萊卡她就是很認真。肯定有了回報吧。」

芙拉托緹有如稱讚勁敵般，一臉認真地嘀咕。

「龍族小姐需要的不只外表好看。內心的美麗也會自然傳達。像萊卡那麼認真的龍，即使是認真程度較高的紅龍族也不多見呢。」

「芙拉托緹果然慧眼識萊卡。」

讓人有點羨慕耶。

甚至感覺某種只有龍族才能惺惺相惜的事物。

「不過就是因為死板這一點讓人不爽，藍龍族才會跑去攻擊紅龍族。」

「不良分子敵視品行端正的優等生的想法喔！」

現在我清楚明白，為何紅龍族會覺得藍龍族的攻擊是麻煩了……雙方在個性上簡直天壤之別，沒辦法……

之後龍族小姐選拔依然繼續進行，但我們早就無心關注在比賽上。

二十名選手評審完畢，司儀發表結果。

「晉級決賽的是六號的歐絲媞拉小姐，以及十四號的萊卡小姐！」

即使聽到這個結果，我們也不太意外。

萊卡確實以第一名晉級。

其實，當下直接判定萊卡冠軍也沒關係吧。

不過最後的決賽，萊卡應該可以順利奪冠。

萊卡在南堤爾州的實力，可是僅次於我呢！

——但如果以這種方式形容，芙拉托緹可能會要求與萊卡決鬥，所以可能不太好……

名叫歐絲媞拉的參賽對手，是皮膚特別白皙，曲線纖細的女孩。缺乏龍族的豪邁感。即使與萊卡相比，與其說更加嬌嫩，散發的氣氛更像從未離開過城堡的公主。

「大姊，終於到了決賽呢！要決定龍王是誰了喔！連我都跟著感到熱血呢！」

羅莎莉輕飄飄飛到我面前，畢竟幽靈沒有座位的概念。

「可是……龍族彼此之間認真對決的話，多半會對周圍造成損害吧……是不是該換個場地呢。」

「沒錯……至少沒辦法在這座會場內舉辦……」

雖然許多龍族平常會化為人形，不過要卯足全力戰鬥的話，就會恢復原本的模樣，因此需要相當寬廣的土地。

「對手歐絲媞拉是珍珠龍嗎？並非特別巨大的龍族，但是爪子特別尖銳，據說力量足以刨開山脈的地表。」

芙拉托緹為我解說龍族的知識。

「龍族的能力值就是不一樣……」

「話說回來，真不愧是珍珠龍，又是高級珠寶又是珍珠，配戴了不少呢。真看不慣珠光寶氣的女人……」

「看來個性與芙拉托緹不太相配呢……」

「萊卡肯定也認為，自己不會輸給這種一身叮噹作響的對手吧。剛才還燃起對抗心態地瞪了對方一眼。」

連四周的觀眾席都傳來接下來會如何發展的議論聲。

「不論哪一方贏得桂冠，畢竟是龍王戰。肯定是足以消滅這一帶森林的激烈戰鬥吧。」「也對，畢竟是從之前的激烈戰鬥中脫穎而出的兩人。」「誰贏得龍王都不足為奇。」「參賽選手的優異戰果，都不負龍王戰之名呢。」

什麼戰鬥……不是都在比學力測驗啦，龍族小姐之類特殊的項目嗎……

話說回來，正因如此，這場戰鬥的勝利者才是文武雙全，無庸置疑的龍族。以女性龍王而言十分相襯。

「好的，會場的各位觀眾，接下來只剩下決賽了。」

此時司儀宣布。司儀可能也是龍族，明明沒有使用擴大聲音的魔法，聲音卻十分清晰。

「成為龍王的究竟是歐絲媞拉小姐，還是萊卡小姐呢！不論是哪一位獲勝，上屆龍王已經在準決賽落敗。因此確定會誕生新的龍王！」

上屆龍王在龍族小姐選拔中輸了啊……她的心境肯定相當複雜……乾脆在比賽飛行的項目輸掉，比較能調適心情吧……

「現在，要在這座森林龍族公民會館決定誰是龍王。那麼決賽依照慣例，是決定最強龍族的項目，搏擊摔角之類樣樣來的綜合格鬥技——原本是這樣。」

哎呀，總覺得司儀的表情有點尷尬。

「不過，本屆會場的森林龍族長老表示，希望能避免對自然造成重大破壞的戰鬥………因此體能方面的審查，在飛行速度的項目已經評審完畢……」

原來不打架喔！

但是認真開打的話，可不是破壞森林就能了事。也難怪森林龍族不希望雙方打起來……

附帶一提，我原本心想會不會噓聲四起而環顧周圍，卻發現什麼事也沒有。反而有半數觀眾紛紛從座位上起身，離開會場。

真的看完龍族小姐選拔後就不看了喔！

「誰會成為龍王已經不重要了。」「因為兩人都很可愛。」「龍王和亞軍都很可愛，無庸置疑。」「就算要對戰，或是猜謎對決，都不是在決定誰比較可愛。」「總之龍族小姐多半是萊卡妹妹第一名，歐絲媞拉妹妹第二名吧。」

哇……真的對龍王沒興趣耶……

司儀在大批觀眾離去的期間依然繼續宣布。

「那麼，關於決定龍王的方式，由龍王戰協會的職員嚴肅討論後的結果———」

究竟是什麼？到底要比什麼？

就算不能戰鬥，總會進行某些考驗身體能力的項目吧。

「———決定以棋藝一較高下！」

什麼跟什麼啊！

「棋藝號稱棋盤上的戰爭。換句話說，是最適合龍王爭霸的方式。此意見為龍王戰協會的職員提出，其他職員也無異議，因此以刪除法決定比賽棋藝。」

這算哪門子嚴肅討論啊！

反而給人一種感覺根本無所謂的氣氛耶！

「所以接下來，要進行三場棋藝比賽。先贏得兩場的人就是龍王！」

這時候已經有七成觀眾離去了。

取而代之，很有威嚴的龍族（其實還是人形）進入會場。

「多爾多穆克七段，請問您怎麼看待這場對弈？」

「依照賽前風評，曾經在紅龍棋藝大賽的兩百歲以下部門得過亞軍的萊卡妹妹比較有利哦，納斯庫路普八段。」

居然有類似職業棋士的人前來觀戰！

「不過龍王戰會採用棋藝，真是光榮啊，多爾多穆克七段。」

「嗯，如果今後能繼續以棋藝決定龍王頭銜，下棋的人肯定也會增加吧，納斯庫路普八段。」

結果在意義上變得和日本的龍王戰一樣了。

於是以棋藝三戰兩勝定勝負——

可是萊卡的對手似乎連規則都不知道，由萊卡壓倒性二連勝。

「唔，對手太外行了，看不出那位紅龍女孩的實力呢，多爾多穆克七段。」

「但是不讓弱小的敵人有機可乘，完美地勝利，真是滴水不漏的戰法呢，納斯庫路普八段。」

你們兩位，其實可以不用強行解說啦……

不過這也難怪……就算讓對手飛車與角行這兩枚旗子，都能輕鬆獲勝吧。

「龍王誕生啦！是紅龍族的萊卡小姐！敬請各位觀眾盛大鼓掌！」

隨著司儀的宣布，我們也跟著鼓掌。

「頒發象徵龍王的獎盃給萊卡小姐！」

然後獎盃交到萊卡的手上，外型為纏繞在劍上的龍。接過獎盃的萊卡眼眶泛起淚光。雖然最後的對弈壓倒性勝利，但她似乎還是很高興。

「好的，萊卡小姐，身為龍王有任何感想嗎？」

「能成為夢想中的龍王，真是感激不盡……這也多虧了支持吾人的家人……」

「原來紅龍家人一直在幫您加油呢。」

「不，吾人目前以徒弟的身分，住在高原魔女亞梓莎大人的身邊。因此指的是高原之家的家人。」

這句話聽得我也胸口發熱。
萊卡也視我們高原之家為一家人。
其實我們也沒有為龍王戰付出過，因此說支持或許有些小題大作……
不過這時候，發生了意外的小插曲。
「原來還接受過高原魔女小姐的協助啊！」
司儀將話題轉到我身上來。
啊，拜託，別這樣！
「如此一來，或許會有不少龍族自願成為高原魔女小姐的徒弟呢！」
不要隨便亂說！我這裡可不是什麼針對龍族開設的道場！
「呃，其實師傅並未一直在招募徒弟……」
萊卡也有些慌張。
「不知道這次的參賽者當中，會不會有人成為萊卡小姐的師妹呢？以上就是第五十七屆的龍王戰！」
就這樣，龍王戰以萊卡的獲勝落幕。
就算真的有龍族登門拜師，我也要鄭重推辭……

當天我們為了幫萊卡慶祝，在森林龍族的店裡舉辦宴會。

◇

「恭喜妳，萊卡！」

其他家人們也跟著祝賀「恭喜妳！」今天的主角毫無疑問是萊卡。

「謝、謝謝各位……想不到吾人竟然能成為龍王……純屬僥倖……」

「沒這回事。萊卡是貨真價實的龍王喔。可以抬頭挺胸驕傲呢。」

由於我不是龍族，對龍王的價值本身不太明白，但總之值得恭喜。

「嗯……所以說成為龍王後，馬上就接到好幾項工作……」

「咦，工作？什麼樣的工作？」

「……像是以獲選為龍族小姐的成員身分巡迴各地。」

原來是這種工作喔！

完全就是偶像系的活動嘛！

「吾人雖然想推辭，但龍王似乎是中心位置，必須得登臺才行……原來龍王也很辛苦呢……」

萊卡她似乎相當害羞，臉紅得像蘋果一樣不知所措。

龍王戰該不會只是單純的偶像選秀吧……龍王的工作也真辛苦了。

這時候芙拉托緹站起身，『咚』一聲將一瓶看似高價的酒瓶放在萊卡面前。

「這是在藍龍之間評價很高的名酒『冰山』，送給妳。」

芙拉托緹板著一張臉，但依然試圖以具體行動祝福萊卡。

「那吾人就不客氣地收下了。謝謝妳，芙拉托緹。」

萊卡清楚說出「芙拉托緹」這幾個字，在耳邊縈繞許久。

由於芙拉托緹年紀較大，彬彬有禮的萊卡不太好意思直接稱呼她的名字吧。可是芙拉托緹既非表達敬意的對象，也不是好朋友，因此之前多半以「妳」之類的表現加以掩飾。

終於能親口直呼她的名字了呢，萊卡。

「下一場龍王戰可不會輸給妳的，萊卡。」

「可是啊，芙拉托緹下次還是會在預賽的筆試落敗吧。」

萊卡說得很乾脆。

「這、這個……反正志在參加，這樣就夠了！」

連芙拉托緹都不打算通過預賽啊！

不過如此一來，萊卡應該能自然地以名字稱呼芙拉托緹吧。

「回到高原之家後，和大家一起喝這瓶酒吧。」

萊卡緊緊摟住酒瓶。

「對呀，在家裡也得慶祝龍王誕生才行呢。」
這瓶酒是紅龍族與藍龍族的友情證明。

來一場地方路線馬車之旅

She continued destroy slime for 300 years

明明是連一朵雲彩都沒有的大晴天，卻因為飄浮在空中的巨大事物，讓附近籠罩在陰影中。

不過倒沒什麼好驚訝的。是利維坦。

是瓦妮雅或法托菈其中一人吧。

不久利維坦在一片非常寬敞的地方降落。十五分鐘後，法托菈一人來到高原之家。原來是法托菈啊。我還沒辦法以利維坦的型態判斷究竟是誰。

「不好意思，今天只有我前來。」

「這倒是無妨，不過有什麼事情嗎？總之先進來吧。」

我帶她來到飯廳的餐桌旁。來者是熟人中最有官員模樣的，意思是有什麼公家單位的工作委託嗎？

「這一次前來向您提出這樣的企劃。考慮到您可能看不懂魔族語，因此已經翻譯成人類的語言了。」

法托菈拿出的紙上，寫了這幾句話。

地方路線馬車轉乘之旅

四天三夜奇妙旅途，以目的地為目標！

「………這是什麼啊。」

這就是我的坦率感想。出現完全沒有料想到的事情呢。

「您聽過《地方路線馬車轉乘之旅》這本書嗎？」

她的問法怎麼好像我應該聽過啊。

「沒有。那是在魔族之中的暢銷書嗎？」

這時候夏露夏前來。

「媽媽，《地方路線馬車轉乘之旅》是在人類世界流行的小說名稱，目前似乎依然有死忠的粉絲。」

「啊，原來是這樣……因為我對這方面不熟……所以究竟是什麼內容？」

「主角是兩名男性與一名女性，正在朝聖修行的三人。朝聖途中在店裡偶遇的三人意氣相投，決定一起踏上旅途。不過考慮到單純地朝聖沒意思，而設立了某種限制。就是決定目的地，挑戰是否能只靠徒步與路線馬車，在四天三夜之內抵達。」

雖然不如哈爾卡拉的故鄉那樣滿地跑，不過的確存在路線馬車這種東西。是可以多人搭乘的大型馬車，也就是類似公車。

由於沒有鐵路或汽車，才需要以馬車連結有些距離的兩座城鎮吧。

這個世界有體格壯碩的馬，而且還可以讓馬以外的生物，例如比西摩斯拉車，還有可供二十幾人乘坐的馬車。

「唔，這種書的哪一部分有趣呢？」

「很難說明。要舉例的話，就是作品內容十分硬核。失敗的時候就視作失敗，三人組也會正常地吵架。登場的路線馬車全都是當時真正存在的路線，可能是作者親身旅行過。」

「咦，該不會作品中有好幾次四天三夜之旅吧？」

「每一集都是一個旅行篇章。第一集抵達了目的地聖地，不過之後依然以其他的聖地為目標，持續進行企劃。另外目前出版到三十五集。」

寫了這麼多啊……

「然後呢，魔王大人對這部作品深受感動——」

啊，我已經有不好的預感了。

「才提議以包括亞梓莎小姐在內的三人，真正來一場地方路線馬車之旅。」

畢竟提出這種企劃，就會自動出門旅行呢……

完全就是佩克菈想去旅行呢。

四天三夜啊，滿耗費時日的。

「在回答之前先給我看這部作品的時間。如果有趣的話我就接受。」

「也對。比起口頭說明，請您看書應該更快明白旅行的規則。先告訴您召喚我的魔法，等看完書後再麻煩找我。」

——於是，我一直以空閒時間閱讀這部作品。

旅行規則集中在「只能使用路線馬車」這一項。

要讓馬車發車，其實只要拿出一點錢就可以解決。如果多掏錢，還可以讓馬車立刻開往特定的地點。這在日本相當於叫計程車。

不過這種做法是禁止的，始終只能利用路線馬車。

因此要以一輛馬車行駛長距離是很困難的，只能轉乘。

有時候轉乘不順利，或是偶然搭上陌生的路線馬車時，一喜一憂的感覺不知為何頗有趣。

不知不覺中我愈看愈起勁，接連看了第二集，第三集。

然後發現，三人組經常失敗。

例如空虛地望著剛駛離的馬車，這種場景會出現在書中。

旅途本身以失敗告終的情況還不少。由於並非都會有完美結局，才特別讓人提心吊膽，全神貫注其中。

一段時間後，我以呼喚魔族的魔法召喚法托菈。

她並未像別西卜當時一樣從浴室出現，弄得渾身溼答答。

「我加入。反正書也很有趣。」

「感謝您爽快答應。那麼第三人要找誰呢？」

「啊，就算佩克菈感興趣，兩人也無法成行呢。真是忠於原作啊……這方面倒是非常一絲不苟呢……」

有人即使要胡鬧，也要一本正經地胡鬧。

「那麼可以由我來決定嗎？」

「明白了。旅行的題目由我與別西卜大人籌劃，採訪則出瓦妮雅進行，敬請放心。參加者只要享受這趟旅行即可。」

結束工作後，瓦妮雅隨即規矩地離去。這方面是個性的差異。

那麼，該找誰一同旅行呢。

只帶其中一個女兒去的話，有種不公平的感覺呢……

這時候，芙拉托緹從走廊上走過來。

「呼啊～好無聊喔～」

無聊嗎，那正好。雖然芙拉托緹總是很無聊……

「芙拉托緹，妳對地方路線馬車之旅有興趣嗎？」

「那是什麼啊？」

我猜她大概沒興趣，不過無妨。

不如說這樣才好。

如果參加者特別熟知路線馬車，就玩不起來了。

「芙拉托緹，有個活動希望妳能一起參加。」

一下子就獲得了芙拉托緹的同意。

◇

過幾天，我和芙拉托緹搭乘化為巨大利維坦的法托菈，前往旅行的出發地點。事先我對場所也一無所知。

抵達的城鎮叫做恩圖爾，頗為熱鬧。

瓦妮雅已經在當地等待多時。

「辛苦了！旅行紀錄由我負責整理，因此麻煩面對我，以宛如對讀者解說的形式進行喔！」

好像拍電視的錄影一樣……

「那麼，地方路線馬車之旅就此開始囉。參加者有我，高原魔女亞梓莎——」

「以及芙拉托緹。話說回來，一直搭乘馬車真沒意思。我要是變成龍族用飛的，一下子就到了。」

「這樣子犯規啦。況且慢慢地前進也別有一番風趣，很有意思喔。」

此時，身後感到一股氣息。

「接著是華麗地表演旅行的佩克菈！這一次敬請多多指教！」

「佩克菈還真是起勁呢……」

真的是懷著偶像般的心情前來呢。

「那當然！因為可以重現那趟在地路線馬車之旅呀！有笑有淚，迷路的時候向人求助，偶然碰上壞天氣而陷入困境之類，可以體驗全部的內容喔！身為原作粉絲實在太棒了！」

幹勁明顯不同呢……看來她對原作小說十分著迷。

瓦妮雅表示「既然三人都到齊了，就發表這次的目的地囉！」並將地圖交給我們。

相隔兩個州郡的澤連布州畫了一個○。

「請各位在四天三夜的時間內，抵達位於澤連布的澤連布大橋！附帶一提，找旅館也完全由三位自行負責喔！如果在沒有旅館之處找不到當天的馬車可搭就慘了！」

嗯，這方面我已經看書得知了。

「那麼，請開始地方路線馬車之旅吧！啊，我會遠遠觀察三位，所以請不用在意我。」

雖然肯定會在意，不過無妨。

於是地方路線馬車之旅就此開始。

「好啦，姊姊大人，首先該做什麼呢～？」

佩克菈探頭看地圖。

「必須光靠路線馬車旅行，代表最好以人多的城鎮為目標吧。」

人口多的地方，馬車的需求也較多。

這應該是所有世界共通的法則。

「靠近澤倫布的大型城鎮，是這座東塔塔吧。」

「可是要經過東塔塔的話，就會碰上依立裘爾山脈喔。應該沒有馬車會翻山越嶺吧。」

佩克菈還真是硬核呢。

這明明不是魔族世界的地圖，但她卻相當清楚。

「一座山而已，從空中飛過去不就得了？」

芙拉托緹似乎尚未掌握規則。

拜託，就說用飛的犯規了啦。

「芙拉托緹小姐，這次您只要盡量別干擾就夠了……」

佩克菈似乎也在懷疑她為何會來，顯得有些困惑。難道我挑錯人選了嗎？

可是搶在佩克菈開口前，卻不見芙拉托緹的蹤影。

上哪去了？

如果她擅自跑去買東西吃的話，就實在太糟糕了……

我左顧右盼尋找後，發現芙拉托緹跑到寫著附近路線馬車時刻表的休息室。

「下一班馬車快要出發了。如此一來會沒時間吃飯。要注意喔。」

咦，她竟然確實做好該做的事情耶……？

而佩克菈不知為何，雙手按著臉頰，一臉陶醉地盯著芙拉托緹。

咦？難道佩克菈對芙拉托緹產生情愫？

「真是了不起，姊姊大人。這可是完美了解原作的人選呢～！乍看之下迷糊，但是查時刻表卻動作迅速。完全就是讓人無法討厭的第三名角色，娜茲卡夏小姐呢～！」

啊，原來是這樣啊……
難道我也在下意識中，挑選了可能符合原作的人選嗎？
不，只是單純的偶然吧……
我們先搭乘第一班路線馬車，從恩圖爾前往隔壁鎮伍斯塔。

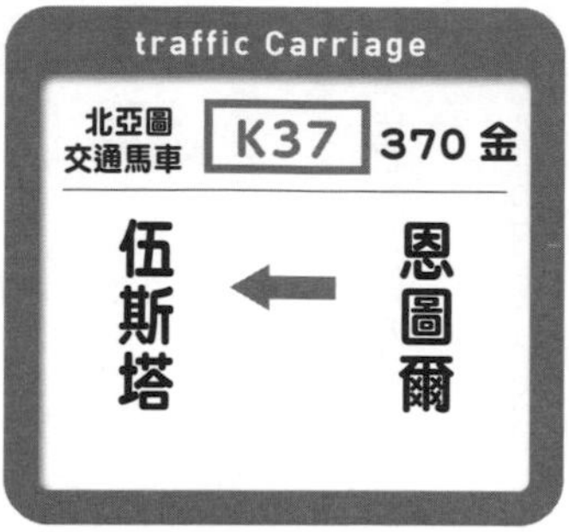

在伍斯塔等沒多久，就來了一班馬車前往西邊的登貝拉，於是我們轉乘後出發。

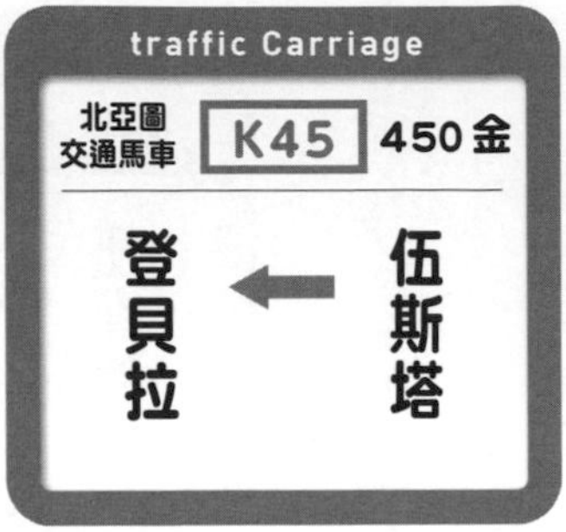

另外由於瓦妮雅搭上同一班馬車，感覺好像四人旅行……雖然她的座位在遠離我們的後方。

我在搖晃的馬車內與地圖大眼瞪小眼。

明明比較起勁的是佩克菈，我卻不知為何被迫充當領隊。

「這座登貝拉鎮的西邊，距離隔壁州比較近呢。不知是否剛好有馬車相連呢。」

可能由於在不同州，取得駕照也麻煩，所以馬車的營運公司經常跟著改變——似乎是。所以光靠馬車無法越過州界，經常得徒步跨越——好像是。根據看過的原作，是這樣描述的。

「哇～要橫越州界啊，有機會品嘗到馬車不通的那種情況呢！太棒了！」
妳對危機也太開心了吧。
話雖如此，如果真的順暢無阻，所有區間都有馬車相通的話，就只是單純搭乘馬車而已，絲毫沒有戲劇的感覺。
這個企劃最關鍵的地方，在於如何克服馬車不通的區間，這麼說一點也不為過。
「欸，芙拉托緹有什麼意見嗎？」
「呼～咕呼……呼……」
讓馬車晃著晃著睡著了。
「好棒喔！芙拉托緹小姐連經常在馬車內睡著這一點都重現原作！該不會完全成為原作中的娜茲卡夏小姐了吧!?」
佩克菈還是老樣子，對奇怪的地方感動。
「呃，應該只是單純的偶然……」
馬車晃著晃著，我們抵達了登貝拉鎮。
我們想從這裡往西方，前往隔壁州名叫溫登塔的地方。
有間北亞圖交通馬車的路線馬車服務站，於是我們詢問櫃檯人員。
「不好意思，我們想轉乘路線馬車前往澤連布，請問有往西行駛的馬車嗎？」
不過，北亞圖交通馬車的櫃檯小姐卻露出不知如何是好的表情。

「真是抱歉，完全沒有從這裡往西行駛的馬車喔……」

還真的沒有馬車啊！這下子該怎麼辦呢……？

看了地圖後，佩克菈也嘆了一口氣。

「溫登塔距離此地大約三十基爾洛喔。可不是能輕易靠步行抵達的距離。」

※基爾洛是接近公里的長度單位。

——就在這時候，芙拉托緹從後方探出頭來。

「喂，真的沒有馬車嗎？」

「這，呃，嗯……沒錯……」

「話雖如此，距離進入隔壁州應該還有很長一段距離。總該有交通工具吧？不是妳們公司的馬車也可以。」

「噢，那可以乘坐這座城鎮營運的公共馬車，前往州界不遠之處。由於利用小型馬匹，所以大約是十人座。」

啊，原來有這種方式啊！

「什麼嘛～所以還是有啊。另外進入隔壁州之後，是不是同樣有該州的公司營運的馬車路線呢？」

芙拉托緹依然追問不休。

「這個……記得從州界的山頂往下走大約兩基爾洛，有一站叫做色堤立公民會館前。好像有間叫做薊花騎士運輸的馬車公司，有車從該站開往溫登塔……」

那麼只要以步行走過這一段，就能前往隔壁州了嘛。

「那麼何不一開始就告訴我們呢。聽妳的說法，還以為得完全靠步行前往下一個目的地呢。不過可能也是芙拉托緹問的方式不對。」

芙拉托緹看起來格外成熟。

真是出乎意料的一面……

之後等待馬車的期間，芙拉托緹告訴我。

「主人，服務站的人員是以一般人的基準回答問題。一般旅客不會精打細算地轉乘路線馬車旅行，在馬車較少的地區會直接雇用小型馬車移動。以一般人的基準，才會回答『沒有』。所以只要詳細追問，就有機會問到答案。」

「真厲害……總覺得今天的芙拉托緹好聰明喔。」

「芙拉托緹一直對人類說的話抱持懷疑的態度。因為藍龍有許多次遭到人類欺騙的歷史……」

到底發生過什麼事情啊……

「以前還有各種騎士的逸聞，像是說『你太高了我看不見，稍微蹲下來一下』然後碰觸藍龍的角之類。」

啊，對喔。碰到角就代表絕對服從……也難怪會出現壞人。

「另外聽信絕對會賺錢的說詞，結果損失五千萬戈爾德的藍龍故事也很有名。」

「拜託小心一點啦！根本沒有什麼絕對賺錢的事情！」

「姊姊大人，芙拉托緹小姐，距離下一班聯絡馬車還有時間，要不要去吃午餐？」

佩克菈如此提議。畢竟她是魔王，也會想在合適的時候用餐。

「這附近有道料理很有名，是將蒸烤過的河魚肉剔下來，浸泡在湯汁裡。我們嘗嘗看吧！」

「哦，不錯喔。要吃就該嘗嘗看當地的名產！」

這才是旅行的醍醐味嘛！

——不過進入店家後，卻只有芙拉托緹點的是烤雞肉。

「咦，妳不吃名產料理嗎……？」

「因為藍龍上當受騙太多次了。在漫長的傳統中，發生無數次謊稱名產，卻被迫吃下不怎麼好吃的東西。所以不會點來路不明的料理。」

還真是徹底耶……

「還有，芙拉托緹不太喜歡吃魚。」

「這才是主要原因吧。」

名產料理會有獨特的調味，所以我也不是不明白她的意思。

下次如果問我還想不想吃，可就微妙了……

然後我們終於搭上公共馬車。

車體的確比之前搭的路線馬車小，不過乘客只有我們幾人，所以沒問題。

中途司機向我們開口。

「要徒步越過州界啊……？以女孩子的腳程可能很辛苦喔……」

「不過進入對面州郡後，就沒有馬車抵達呢。所以只能靠走路。」
「哇！真的用走的橫越州界，好像在做夢呢！」
大約有一人對馬車不通感到高興。
如果這時候參加者發現樂趣，某種意義上，以企劃而言有問題吧。就像明明遭受懲罰，卻變成獎賞一樣矛盾。
山頂雖然難走，但還不至於爬不上去。應該說連我都覺得吃力的原因，是因為牽著佩克菈的手。
「這時候應該自己走吧……」
「欸～拜託幫妹妹一把嘛～」
沒辦法。畢竟平常她身為魔王，應該相當努力工作。
「啊，姊姊大人，我可能有點腳痛喔～♪」
「那絕對是演戲吧。」
這種露骨的演技就不予理會。
好，既然爬到山頂，接下來只要往下走即可。
「姊姊大人和芙拉托緹小姐，可不要漏掉了路線馬車的停靠站喔。」
「知道啦。啊，就是那個吧。」
遠遠見到馬車停靠的地方。

不，不只是停靠，而是快要發車了！

「糟糕！在這種地方的路線，一天只有幾班車吧！如果錯過可就慘了！」

但是，有一道強風穿過我們身邊。

不，那不是風。

而是芙拉托緹卯足全力衝向馬車！

「等一下！司機，先別發車！反正這條路線很少人搭乘，所以一定有位置！」

她以常人不可能發揮的速度追上馬車，擋下了馬車司機。

這是體能的勝利。

「哎呀，真是太好了，佩克菈。」

如此一來還能維持路線馬車之旅，佩克菈應該會感到高興。

可是她卻露出有些寂寞的表情。

「姊姊大人，說不定這個企劃會完全靠體力補足……看到芙拉托緹小姐剛才的腳力後，我有這種感覺……」

這個……的確有可能呢……

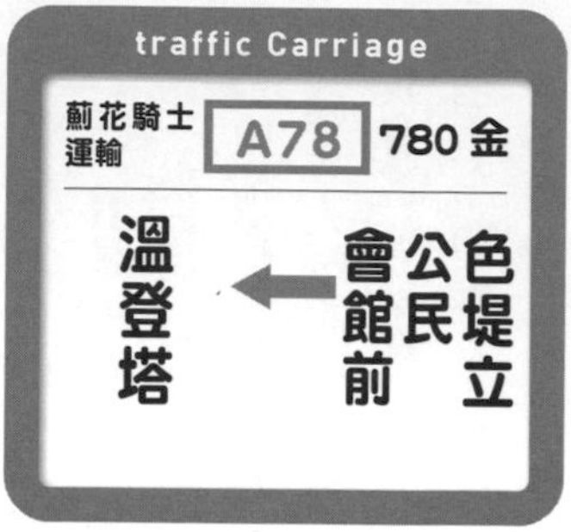

於是我們順利抵達隔壁州的溫登塔這座城鎮。

此地北方聳立著依立裘爾山脈。

翻越山脈後大約一百基爾洛的彼端，有一座很大的城鎮叫做東塔塔，離終點澤連布也一口氣縮短了不少距離。

可是肯定沒有翻越山脈的馬車吧。

迂迴路線倒是有幾條，不過基本上都是設法翻越山脈的低處。當然，如果選到另一端馬車不通的路徑，就會進退兩難。

我望向彷彿跟蹤在後頭的瓦妮雅。

「這一趟旅行的攻略重點，是如何克服依立袞爾山脈吧？」

「啊，我是負責記錄的，所以不可以問我問題喔～」

碰到這種時候，局外人最輕鬆了……

「姊姊大人，這時候可不能選錯路線呢。好好思考一番吧。」

「也對。距離太陽下山之前，應該還可以再搭一班馬車，但是可不能亂搭……要是到了沒有旅館的聚落，天黑可就麻煩了……」

這時候，芙拉托緹拍了拍我的背。

「若是這點距離的話，現在爬山應該足以翻越喔。憑我們三人做得到，而且很輕鬆。」

「這……？拜託，再怎麼說都沒辦法吧……光是抵達山腳就有很長一段路……」

登山口又不是在徒步十分鐘之處。

「不，要前往登山口還有馬車可搭。從登山口一路往上衝，就能在夜深之前翻越山脈，前往另一側。而且山中應該還有獵人住宿用的小屋，借宿一晚就能過夜了。可以的，可以的。」

「呃，在山路上奔跑到這麼晚，不會有危險嗎……？」

「今天天氣很晴朗，月光應該也會相當皎潔。我們走吧！盡快衝向終點！」

芙拉托緹拉著我的手臂。

我就這樣坐上了馬車。

「拜託！怎麼可以獨斷獨行呢！」

佩克菈也跟著跳上開往登山口的馬車後——

馬車隨即出發。

真的假的……這下該怎麼辦……

現在跳下車也可以，但這樣就變成搭霸王車了……那要在下一站下車嗎？

可是芙拉托緹露出燦爛的表情，一臉笑容。

「主人，不用擔心！芙拉托緹參加過藍龍的跑山大賽，跑過這附近的路線！能前往另一側而不會迷路！山上的起伏雖然多，但沒有危險的路徑！就這樣通向終點吧！」

「…………知道了。交給芙拉托緹妳吧。」

現在的我不忍心削弱她的幹勁！

而且抵達終點就是目的，也不能說她這樣絕對有問題。

規則上允許徒步前進，所以沒有問題……應該吧。

「姊、姊姊大人……要依照她的做法嗎？」

「因為我和佩克菈都想不到攻略路線啊。如此一來，既然只有芙拉托緹一個人說可以，就應該聽她的話……若是遊戲的話，如果不為了攻略遊戲而卯足全力，就不叫遊戲了。」

所謂遊戲，需要所有人認真遊玩的前提。

比方說足球比賽中，敵方隊伍跳起舞，完全不接球，自己隊伍就能壓倒性勝利。可是要問這樣有不有趣，當然一點意思都沒有。

一旦拿不出真本事，就會失去所有緊迫感與臨場感。

所以芙拉托緹的做法完全沒有任何問題。

彷彿聽到從後方傳來瓦妮雅說「啊，想不到會這樣發展……」的聲音。但這是原本不該聽到的，所以不予理會。

傍晚時分前不久，我們抵達了登山口。

山脈聳立在我們正面。這真的爬得過去嗎……？

「好，兩位，跟著我芙拉托緹吧！腳可以不用抬太高。不斷往上爬吧！維持一定步調，所以應該不會累趴！出發吧！」

我和佩克菈都追在芙拉托緹身後，奔跑在山路上。

芙拉托緹的步行速度的確不算全力奔跑，要追上她並非不可能，我們也絲毫沒有上氣不接下氣。

畢竟我們的身體素質並非普通人，不會累到無法動彈。遠比上輩子國中時期的馬拉松大會輕鬆多了。開始跑兩分鐘左右的情況就一直持續下去。

「哇……三位真的沒搞錯嗎……？好累，好累喔～利維坦族的腳程沒有那麼快啦……」

從身後傳來記錄者的聲音，但是不能理她，所以我不在意。跟上來吧，瓦妮雅！

——大約五小時後。

芙拉托緹突然停下腳步。

由於她緊急煞車，我不偏不倚撞上芙拉托緹的背……

「拜託，別說停就停啦……」

「不好意思，因為有塊不錯的告示牌。」

該處有這樣的路標。

啊，這麼一來就能在夜晚抵達東塔塔了……

東塔塔絕對有旅館，下山肯定是正確選擇。

「好，接下來會比之前輕鬆囉！雖然下坡的受傷機率比上坡高，但我們這支隊伍應該沒問題！即使有魔物出現，也可以一掃而空！」

活力十足的芙拉托緹面露笑容。

◇

結果我們當天就抵達了東塔塔，三人分別各訂一間房間——

第二天悠哉悠哉地搭乘馬車，抵達了目的地澤連布大橋。

「太棒了！達成目標啦！主人，成功了呢，太好啦！」

芙拉托緹牽著我的手歡欣鼓舞。即使一開始缺乏幹勁，只要能順利通關，心情也會變得雀躍不已。只不過，我在意佩克菈的情況。

「不對……有哪裡不對勁……該怎麼說呢，這樣偏離了宗旨……」

佩克菈一臉茫然。

我頭一次見到這種表情的佩克菈……

第二天就迅速抵達終點，這種速度簡直是超高速。一年挑戰好幾次的話也就算了，可是第一次參加就有這種結果，代表企劃本身有問題吧……

實際上，瓦妮雅也抱著頭傷腦筋。

「該怎麼辦……頁數有剩餘……」

這點內容大概不足以編輯成冊……

不過這是企劃人的責任，我可不管。

我輕輕拍了拍佩克菈的背。

「肯定還剩下不少經費，今天就找間高級旅館，一起睡在同一張床上吧？」

就用這種方式讓她高興一下。

佩克菈的眼睛睜得特別大。

「咦，這……真的……可以嗎……？明天不會爆發政變，將我趕下魔王的寶座吧……？」

「我不了解魔族的政治情勢，但應該沒問題……」

佩克菈屬於純情人物，應該也不會做奇怪的事情。

當天晚上睡在大床上，佩克菈的心情也隨之好轉，就當作還ＯＫ吧。

回家途中，龍型態的芙拉托緹詢問我。

「對了，為什麼這條路線會這麼簡單呢？」

「這個……肯定是——」

可以說老實話嗎？算了，無妨。

「——因為我們沒怎麼搭乘馬車啊。」

路線馬車對我們而言似乎沒什麼意義。

參加妖精展覽會

She continued destroy slime for 300 years

「來，這是悠芙芙媽媽之前說想要的，歐托拉村生產的最高級蜂蜜。」

「哇！謝謝妳，亞梓莎！」

悠芙芙媽媽小心翼翼接過裝蜂蜜的瓶子。

「真不愧是我的女兒～好孝順喔～」

「原來如此……既然稱呼妳為媽媽，代表這也算孝順的一種嗎……」

前幾天經過悠芙芙媽媽那裡，聽她說有想要的東西，然後她告訴我這種蜂蜜。我趁好天氣乘坐芙拉托緹，前去購買。

不過悠芙芙媽媽怎麼會喜歡蜂蜜呢？雖說是妖精，但幾乎與人類相似，或許只是單純喜歡味道。

悠芙芙媽媽拿取一根湯匙，迅速打開瓶蓋，將湯匙插進蜂蜜。

「欸，亞梓莎，妳看！滴下的感覺剛剛好！真是優質呢！」

可能因為黏度適中，的確滴得很漂亮。水滴妖精真不是白當的呢！

「不過呢，這應該算是垂落吧……」

是說這能用滴落嗎？呃，詞彙的適用範圍會不會太廣了……原則上，那個動詞應該只能用來形容液體吧……

「不用在意那些小事吧。哎呀，真好呢。可以看上好幾個小時喔。」

我頂多看五分鐘……

就像苔癬迷可以一直盯著苔癬看一樣吧。

話說法托菈好像喜歡苔癬，但她能一連看好幾個小時嗎？我能想像她做得到的場景呢。

「看，蜂蜜像這樣從湯匙流回瓶子的期間，可以感受悠久時間的流逝吧？時間就像這些蜂蜜一樣不會中斷，是相連的喔。」

「好像逐漸變成哲學層次的深奧話題……」

如果親生母親這麼說的話，身為女兒該怎麼回應才正確呢？

此時，傳來咚咚的敲門聲。

這裡是悠芙芙媽媽的家，意思是來訪者也是妖精吧。

「來了，馬上開門！」

悠芙芙媽媽一開門，發現門外站著連我也認識的妖精。

是松樹妖精蜜絲姜媞。

「哈囉，悠芙芙小姐。哦，高原魔女亞梓莎也在啊。真是巧捏！」

「好久不見了。話說回來，我還是頭一次見到妖精拜訪妖精的家呢。」

精靈應該也有橫向聯繫，但好像比人類或魔族弱得多。

「歡迎光臨，妳來得正好。用蜂蜜泡杯檸檬茶吧。」

哦，不錯喔。我也想確認看看蜂蜜的味道。

「雖然想說不用費心，但飲料就多謝了捏。」

蜜絲姜媞坐在我身旁的椅子上。

「亞梓莎小姐，結婚典禮那時候真是感謝。客人比以前也逐漸增加了捏。」

「不會，我也見到女兒可愛的模樣，非常好喔。」

「就是這樣。我那裡在舉辦不錯的結婚典禮捏，希望一生中多光顧我們神殿幾次捏。」

「呃，舉辦好幾次結婚典禮的人生有問題吧……」

「弗拉塔村的神殿也期待顧客的光臨，拜託幫忙捏。」

蜜絲姜媞自從和我建立關係後，便立刻在弗拉塔村找塊空地移設了一座小型神殿。反正在村子增加信仰對象，應該不是壞事。

「嗯，如果有合適人選，我會告訴對方的……」

「這句話我會銘記在心捏。」

唔，我可能說了不必要的場面話……

「對了，妳今天來有什麼事情嗎？商量世界妖精會議之類？」

我試圖轉移話題。

我能想像到的頂多就這件事，畢竟我到現在還不太明白妖精的社會。

「完全不是這件事捏。」

「那難道和結婚有關嗎～？再怎麼說，我都不打算結婚喔。既沒有對象，況且與妖精結婚的話，因為彼此相處太久，總有一天會因為個性不合而離婚。」

從廚房傳來悠芙芙媽媽的聲音。

結婚期間長達一兩千年，煩躁感會不斷累積，最後喘不過氣嗎……

「其實只要舉辦結婚典禮，一直分居也沒關係捏。」

業者的真心話也太直白了吧……

「不過今天的目的與結婚完全無關捏，是希望妳收下幾張展覽會的門票捏。」

展覽會嗎？這個世界也有這種活動，雖然只在大城鎮舉辦。

「附帶一問，蜜絲姜媞，是什麼樣的內容？」

對內容倒是很好奇，畢竟是妖精帶來的門票。

「讓妳看門票比較快捏，畢竟我對藝術也一竅不通。」

蜜絲姜媞掏出一疊門票，張數還不少。

「以紀念而言數字太簡略了！而且數值也太誇張了！」

妖精的歷史有這麼悠久啊……是沒錯，六萬年前也有水母。就算當時有人類，但都還沒穿衣服吧？

「話說這位叫裘雅莉娜的，是畫家吧……與其說靠作畫維生，更像是當成人生價值。要說職業是畫家有待商榷。」

之前我們也充當畫的模特兒，但她卻畫成相當陰暗的作品。

「其他精靈說門票有多，叫我收下來捏。原本以為只有幾張，結果卻有幾百張……還隨口叫我在舉辦結婚典禮的時候發給來賓捏……」

居然被強塞喔！

「對了，在門票上大剌剌寫自己是妖精沒問題嗎？」

我以為妖精不會輕易拋頭露面，可是裘雅莉娜小姐以前也舉辦過個展吧……

「反正人類不會相信，所以沒關係捏。尤其像是水母妖精，一般人的反應頂多是『哪有這種妖精啊（笑）』捏。」

「的確，火炎妖精之類也就算了，但是水母妖精的話，聽起來就像畫家的別名！」

「然後透過風之妖精的傳聞，得知悠芙芙小姐認識水母妖精小姐，才猜她應該願意收下幾張捏。」

風之妖精真的什麼傳聞都到處散布呢，街坊的歐巴桑喔。

「原來如此～來，加了蜂蜜的檸檬茶喔～」

悠芙芙媽媽端著托盤回來，她坐在我對面的座位。

「要收下幾張門票倒是無妨，但我頂多拿十張就夠了。反正世界妖精會議還要很久。可能是十年到三十年後，或者四十年到七十年後才要舉辦。」

範圍太過粗略，這可能是妖精共通的特徵。

「十張也夠了捏，希望能幫忙減少門票捏！」

家人和認識的魔族眾多的我也出一份力吧。

「那麼我也拿個幾張吧？要給別人倒是有對象。」

松樹妖精蜜絲姜媞似乎非常高興，忍不住高舉雙手做出萬歲的姿勢。要說的話，應該是勝利手勢吧。

「謝謝妳揑！下次舉辦結婚典禮時，給妳打九折做為謝禮揑！」

「那不是可以隨便舉辦的儀式，所以免了。」

我從蜜絲姜媞手上接過一疊門票。

「哎呀~根據風之妖精的傳聞，好像幾乎沒有觀眾上門，希望能多吸引一點人來揑。感謝揑，真的太感謝了揑。」

感覺好像高中朋友舉辦的演唱會門票太多一樣。

「還有，別太隨便將感謝掛在嘴上，這樣會變得沒誠意。」

「話說，究竟是在哪裡舉辦呢？」

悠芙芙媽媽手撐著臉，同時將門票翻到背面。

話說回來，正面沒有寫舉辦地點呢，我也翻過來一瞧。

上頭畫著四周環海的小島地圖。

Artist of Spirit of jellyfish
Memorial Exhibition

舉辦地點
以佛路納島支援故鄉基金興建的美術館

交通工具
從諾弗桑納州的索可納姆港
搭乘每三天一班開往佛路納島的船，
航程約七小時

※注意
從佛路納島港口徒步約一小時
由於山路陡峭，故無馬車等交通工具。

「這根本不打算讓人去吧！」

怎麼會在這種交通不便的地方舉辦啊……難怪沒人去……

「噢，是在裘雅莉娜的老家舉辦。她從以前就住在那座小島上。聽她說住在遠離都會喧囂的小島上，可以湧現創作熱情。」

「這個原因是很藝術家，可是挑在沒人會來的場所舉辦展覽會，不就沒意義了嗎……」

「畢竟要搬運大量的畫，連妖精都相當辛苦呢。所以才會選擇在當地舉辦吧。」

「好像是捏。根據風之妖精的傳聞，這次是至今規模最大的展覽會，才希望在附近舉辦捏。」

蜜絲姜媞的資訊來源全都是風之妖精呢……可以相信嗎……？

「而且根據風之妖精的傳聞，當地居民也希望能舉辦佛路納島最大的畫家，裘雅莉娜小姐的展覽會捏。」

「哎呀，佛路納島的人口還不到三百人呢。」

悠芙芙媽媽漂亮地吐槽。

大概除了裘雅莉娜小姐以外，沒有其他畫家吧。

「我的家人和魔族都有交通工具，要去不是問題，其實無妨……」

「那就去捧場吧。有別人觀賞能增加她的創作熱情，是不錯的刺激喔。」

既然悠芙芙媽媽這麼說，就沒有理由不去了呢。

另外，美術館對女兒們的教育應該也有幫助！

◇

幾天後，我搭乘萊卡與芙拉托緹，朝「以佛路納島支援故鄉基金興建的美術館」出發。幸好有龍，不用在三天一航班的船上晃七個小時。

有一件小事，就是美術館的名稱應該改掉才對。目前的名稱聽起來像極了失敗的蚊子館。

還有，似乎還會有魔族觀眾前來。不如說是配合她們而辦。反正去的人愈多愈好。

「高原之家附近沒有美術館之類的設施，老實說，吾人十分期待呢。」

飛行途中，龍型態的萊卡說。

萊卡果然對這種地方感興趣，畢竟她是龍族小姐呢。

「美術館啊～以前在藍龍聚落的州郡，芙拉托緹沒去過呢。」

芙拉托緹興致索然地表示。她的回答一如預料。

「依照芙拉托緹妳的個性，就算附近有這種場所也不會去吧。」

萊卡一語道破。我也這麼認為。

「以前聚落所在的州郡，所有美術館都禁止藍龍進入。所以對美術館只有禁止進入的印象。」

原來連進都進不去喔！這就有點可憐了……

「原因可能是兩百年前，芙拉托緹和朋友在美術館內打架吧。」

「單純的自作自受嗎！拜託別在這次的會場鬧喔……」

帶有幾分不安之下，我們抵達了佛路納島的美術館。

美術館一旁設置了露天座位——

魔族們已經在該處悠哉地等待。

「妳們還真是準備周全呢……」

尤其佩克菈更是魔王架式十足，靠在好像哪裡的ＶＩＰ豪華座椅上，喝著像是柳橙汁的飲料。

另一方面，利維坦族的法托菈似乎帶了工作來，在文件上填寫內容。氣氛差距好大。這時候不是應該老實地放鬆嗎？

「緊接著馬車之旅，能和姊姊大人一起逛美術館，真是太棒了！我興奮得前幾天就來了喔！」

能讓她感到高興是好事，但是不用這麼拚吧。

別西卜眺望著美術館的石造建築。

「真是怪哪。相較於島嶼規模，建築物太過豪華了。這樣絕對很棘手吧。光是維護費用就會嚴重壓迫島嶼財政啊。」

應該是亂撒錢政策下的建築物，但總之別著眼在展覽以外的地方吧。

「別西卜師傅，以武史萊流的史萊姆拳可以打破這些石頭喔。乍看之下堅固，但只要順著紋理施加力量，就能從中劈成兩半。」

拜託武史萊小姐也別將美術館視為破壞對象。

© Benic

總之，魔族就交給她們自行解決。

大家都是不折不扣的社會人士，應該會規矩地觀賞吧。

不如說，我的主要目的是女兒的教育。

我召集法露法、夏露夏與桑朵拉，簡單說明注意事項。

「聽好囉，美術館內可能很寬廣，但是不可以奔跑喔。還有也禁止大聲喧譁，或是造成別人的困擾。這裡就是靜靜欣賞作品的場所，知道嗎？」

「好！法露法會聽話喔！還會負責照顧桑朵拉！」

「法露法妳真是的，我會保持安靜啦。話說這棟建築物，根似乎可以伸進石頭縫呢。」

為什麼她們幾人光對建築物感興趣啊？

「在展覽會場不可高聲朗吟，不需要媽媽擔心。」

夏露夏絕對沒有問題吧……

會表明絕不高聲朗吟的小女孩，不論發生什麼事情都不會吵鬧吧。

◇

然後我們一起進入美術館。

交付門票後，先閱讀第一個告示牌。

說明

自稱水母妖精的流浪畫家裘雅莉娜，似乎誕生在佛路納這座島上。本人聲稱已經活了幾萬年，從作品中的確隱約感受到悠久時間的流逝。

並且也獲得評論家的高度評價，比如「永遠的小眾一流畫家」、「這種畫風容易受到自以為懂得差異的大嗓門褒獎」、「真的一直在流浪這方面很有個性」、「比太過普通而遭到埋沒好一點」。

本次展覽總共分為五章，為裘雅莉娜最大規模的展覽會。敬請各位欣賞。

Artist of Spirit of jellyfish
Memorial Exhibition

評論家的評價怎麼讀起來帶有幾分諷刺，是我多心了嗎……？

話說還分為五章啊，這方面似乎挺認真，算了……

第一章

負面畫家裘雅莉娜

裘雅莉娜畫風極為消極，即使是看似描繪祭典的作品，都散發出寂寞與空虛的感覺。

Artist of Spirit of jellyfish

Memorial Exhibition

從一開始的主題就好沉重！

可能是色彩運用的關係，每一張畫的確都給人陰暗的印象。

這妖精以前也畫過這種畫啊……

「原來如此，祭典的日子卻下起滂沱大雨呢。所以路上的行人看起來也一臉困擾。」

萊卡十分認真地盯著畫。這種地方果然要花時間仔細觀賞。

芙拉托緹則走馬看花，不斷往前進，她沒什麼鑑賞的心情呢。

女兒則表示「真不得了呢～」「這可是大作。」「不知道花了多久才繪製完畢。」

帶有一定興趣看著畫。如果是開朗一點的藝術主題或許比較好，但是她們的反應已經證明，帶她們來是有意義的。而且非常開朗的藝術或許反而奇怪。

比方說，如果有小說這樣寫：「今天早上也很早起，上班前還去慢跑。工作時也一邊想著開心的事情，準時下班，然後睡個好覺！」看這種小說會得到什麼嗎？我有這種感覺。

或許藝術需要的是對問題的意識……這麼說來，裘雅莉娜可能是正確的……

不過還是別想得太嚴肅，進入第二章吧。應該說，我被佩克菈挽著手臂，即將拉向第二章。眼看就快被迫和她兩人獨處……

第二章
否定畫家裘雅莉娜

裘雅莉娜以否定層面描繪大多數事物。看著看著會讓人心情沉重，想要掉頭離去。她似乎以此為目標。

Artist of Spirit of jellyfish
Memorial Exhibition

我看不出來和第一章有什麼差別……

最初的第一幅是將軍凱旋回到王國的畫。

「啊！這幅畫很開朗嘛。」

「姊姊大人，這名將軍兩個月後被扣上謀反的嫌疑，在凱旋門下遭到處決喔。目前的可能是表現與處刑的對比吧。」

「原來是這樣……」

基礎的主題果然很陰暗！

之後也有許多作品帶有不好的意義。

連羅莎莉都表示「這裡的鬱悶畫作實在好多喔」。

連幽靈都這麼說，想必十分嚴重……

但是畢竟多達五章，氣氛總會在哪裡有所改變吧。

繼續看下去。

第四章
腐朽畫家裘雅莉娜

所有事物都會逐漸腐朽。裘雅莉娜有許多作品強烈訴求此一自明之理。尤其是大作「千年樹的枯槁」更是壯觀。

Artist of Spirit of jellyfish
Memorial Exhibition

第三章
訃聞畫家裘雅莉娜

裘雅莉娜將人的死亡繪製成許多繪畫。有葬禮隊伍、照顧臨終病患的家人，以及遭到長槍刺穿的士兵繪畫……本章收集了這一類的作品。

Artist of Spirit of jellyfish
Memorial Exhibition

第五章
恐怖畫家裘雅莉娜

裘雅莉娜的作品包含部分可怕的、讓人毛骨悚然的事物。難道她本人有獵奇興趣嗎？

Artist of Spirit of jellyfish
Memorial Exhibition

真是陰暗到骨髓了耶！

由於美術館內不能大聲喧譁，我以心聲吐槽。

好歹放一些能讓人內心平靜的繪畫不是很好嗎？這樣餘韻太糟糕了……

不知不覺中，連佩克菈都低下頭去。

「姊姊大人，我想辭去魔王的職務了……」

「等一下！打起精神來！妳應該只是受到繪畫的影響而已！」

等一下……連佩克菈都受到這麼大的打擊，那麼仔細鑑賞的萊卡會怎麼樣……？

只見萊卡無力地坐在館內的椅子上。

「或許活著這件事情毫無意義呢。但是因為不想承認沒有意義，所以任何人都會掙扎著活下去也說不定。哈哈哈……不論一千年後死掉或是明天死掉，明明都一樣……」

「萊卡，思考積極一點！這裡的繪畫對人的影響非常大！肯定是這樣沒錯！」

此外觀眾人數雖然不多，但似乎也有熱情的回頭客——

「您是第幾次來？」「我來第六次了。在島上待了三個星期。」「能看到這麼多裘雅莉娜的作品，真是幸福呢。」「用眼睛看的鎮靜劑，果然名不虛傳。」

聽到這樣的感想。

似乎僅在部分客群內受到強烈歡迎。

對了，女兒們沒事吧……

我急忙去找三個女兒，但她們比我想像中更有活力。

「法露法看到一半就膩了……」

「雖然我是外行人，但總覺得這位畫家發揮的不多。這並非以深層涵義為目標，而是只能以這種風格作畫，才會全部作品都是這樣吧？」

「根據夏露夏所見，有幾幅畫是佳作，但應該幾乎沒有傑作或名作之類。」

孩子們對待作品倒是相當漠然呢。

受到作品影響太深也不好，或許這種程度的反應比較適當。

附帶一提，並非所有人都參觀完畢。

像是美術館這種地方，不同人的參觀速度差距很大。

另外，看最快的是芙拉托緹，已經在沙發上睡著。

「真安靜好好睡……這張沙發的軟硬適中。為了睡覺而來也不錯……」

表面上像是誇獎，但這番話對美術館而言很沒禮貌喔。

「各位覺得如何呢……？」

這時候，從後方傳來毫無霸氣的聲音。

回頭一瞧，只見是水母妖精裘雅莉娜本人。

這次同樣以黑髮遮住左眼，散發出妖怪的感覺。而且明明在室內，她卻依然背著包包。

「高原魔女小姐……敬請告訴我……您的直率感想……」

聽起來像低血壓、愛睏表情的她表示。

呃，我該怎麼回答才好呢……

要是說太陰暗的話，是不是不太好啊……？

「這個……其實我了解得不多，所以不太清楚……」

「有讓您確實感受到消沉嗎？心情有變得很難受嗎？」

「原來心情要變成這樣才好喔！」

「嗯。因為我認為，揭發內心的醜陋是藝術家的任務。」

作畫者可能認為這樣比較好，但是觀眾卻很難受耶！

「為了見識人類的醜陋，我才旅行各地。」

「原來流浪之旅的原因是這樣喔！」

我剛才聽到了相當寶貴的經驗之談……

「不是說生物醜陋的一面是最有趣的嗎？因為這時候會露出本性。」

拜託拜託！這個妖精一直口無遮攔地說出驚人之語耶！

「當然，任何種族都有聖人般的優秀對象，我不否認這一點。但是這種人屈指可數，絕大多數都是蠢蛋。看到這些蠢蛋的臉，就能刺激我的創作欲望呢。」

基本上她始終面無表情地闡述，完全沒料到她會這樣。

「嗯……感覺到醜陋……嗯……聽得我好震撼……」

「那就好。」

真的好喔。

可是……世界上總是有悲劇，只能這麼想了……

此時對話暫時中斷。

因為話題暫告一段落，畢竟我們的關係沒有那麼好……

「水母是透明的呢。」
她又突然開啟話題。
怎麼，這次要聊什麼？
「正因為透明，才能見到醜陋的事物喔。」
又說出了深奧，而且沉重的話！
而且裘雅莉娜的嘴角略微上揚，她的表情浮現微笑。這樣她笑得出來啊!?
「………水母乍看之下什麼都沒在想呢。」
她又突然拋出了話題，嚇了我一跳。
水母的確給人腦袋空空，漂來漂去的印象，但如果肯定的話，她會生氣嗎？畢竟她是水母妖精呢……保險起見，還是安全為上。
「該、該不會出乎意料地想很多……」
「其實真的沒思考任何事情。就是無。」
果然是這樣！
「可是，這同時代表心無邪念、內心純粹。換句話說，水母已經悟道了。生物應該向水母學習才對。」
又出現極端論調了。
「可是其他動物不可能成為水母。所以說，醜陋才是其他動物的本質。這是真的。嗯，沒錯。水母母母，水母母母。」

她好像自己得出了結論呢。還有，水母母母是什麼意思啊。

不知道她會說什麼話這一點，某種程度上，的確很妖精。

應該說，我甚至覺得悠芙芙媽媽和蜜絲姜媞太適應人類世界了。

「描繪這些真面貌十分開心。哪天興致一來，會再度踏上旅程。感謝您的聆聽。」

對話到此結束。

啊，她真的很有藝術家風範呢。

畢竟她特別長壽啊。達到這種境界也不足為奇吧。

「如果有時間的話，我還可以再講一小時，不過您應該不會想聽吧。」

「不好意思，我們很多人一起行動，請見諒……」

要是耗這麼久，芙拉托緹可能會鬧事。

「那麼裘雅莉娜小姐，請繼續在繪畫上努力吧。雖然不需要我提醒，妳應該也會不斷精進吧。」

「是的，我會去尋找更加醜陋的事物。因為真相存在於醜陋的事物中。我會像水母一樣繼續漂蕩。水母母母。」

最後的水母母母算是搞笑嗎？希望她至少說明一下。

「那麼我再逛一下展覽場吧……況且還有成員在看……」

「好的，請慢走。另外還有販賣部，方便的話也請光顧吧。」

裘雅莉娜小姐手指的方向，是潛藏了大量負能量，而非負離子的區域。

「店內備有各式各樣的商品，諸如展覽會的圖鑑，收到的對象會感到不悅的明信片，以及帶在身上可能會使運氣變差的布偶。」

「裘雅莉娜小姐……這根本就不是在做生意呢……」

「賣不出去也無妨。販售本身就是表現。」

藝術家的遣詞用字真是艱深啊，我心想。

接下來真的該離開這裡，去找其他成員了。

還沒確認魔族的反應呢。總之佩克莅的情緒奇蹟般地跌落谷底，這一點無庸置疑。

結果從展覽會場的方向，傳來別西卜的聲音。

「看看！這畫得真是不得了哪！」

每一幅繪畫都有幾分驚人之處，但她的反應不尋常呢。

我一邊留意別發出巨大聲響，腳步迅速地去找別西卜。

別西卜一臉愕然仰望的畫，內容是遺跡。

以原本的世界打比方的話——就像金字塔。

前往古代文明的遺跡

「欸，別西卜，怎麼了？」

別西卜半張著嘴，露出驚愕的表情。

總覺得和看畫看得感動不已的反應不太一樣。

「畫作中混入了不得了的東西哪……」

「我看看，畫名叫『古代遺跡』嗎？原來這個世界也有這種四角錐型的遺跡呢。」

畫風還是一樣寒冷淒涼。在似乎即將下雨的陰天森林中，一座金字塔型的遺跡孤零零座落其中。凶惡的氣息彷彿光看就會遭受詛咒。

「情況有些緊急了哪。首先，必須找法托菈和瓦妮雅來才行。還有，應該也請魔王大人來一趟。武史萊並非公務員，可以自由參加。但不找她又好像在排擠她，能找的都找來。」

似乎已經不是畫展的問題了。我決定帶佩克菈過來。

魔族們以及我那些感到好奇的家人們，都聚集在別西卜身邊。

利維坦姊妹與別西卜在討論些什麼。

「看，這不論怎麼想都是那個吧。」

「對呀～從形狀看來是那個沒錯。」

「想不到會在這種展覽會上看到那個的紀錄呢。」

『那個』是什麼啊？

別西卜、瓦妮雅與法托菈之間，似乎以這兩個字溝通。

結果連我帶來的佩克菈都開口說了句「啊，是那個呢！」。

就說『那個』到底是什麼啊？

由於人群聚在一起，連裘雅莉娜都來了。

畢竟是作者，總會在意吧。

「這幅畫怎麼了嗎？為了醞釀出遺跡遭人遺忘的氣氛，我花了一番功夫。當時實際上是大晴天，但我畫成陰天。」

為了畫成陰暗的畫作而改編啊……不過光是完整呈現原貌，也不能叫做藝術。

「欸，水母妖精，這幅畫妳是在哪裡畫的？」

「是位於西諾斯特姆里亞山脈的某片樹海。由於是完全無人的場所，找出曾經有人走過的古老道路費了我一番功夫呢。」

「是嗎？只要妳告知詳細場所，就可以從國家預算撥出獎金給妳哪。」

「我不需要錢，只要麵包就好。」

後方的武史萊小姐大受衝擊地表示「真是無欲無求啊……」。

好像看到悟道者與世俗之人的差距。

「所以說，別西卜，這究竟是什麼？包括我在內，我們全家似乎都不知道，所以告訴我們吧——結果似乎有例外呢……」

夏露夏張著嘴，盯著這幅畫作。

「竟然會在展覽會上……目睹這種東西……剛才不小心看漏了……」

似乎是相當不得了的東西。

別西卜對我露出意有所指的表情。

「這個啊，可是夢幻古代文明，沙沙．沙沙王國的國王陵墓哪！」

雖然很難發音，名字卻很好記。

可是提到古代文明，我偶然靈光一現。

「佩克菈帶給夏露夏的伴手禮中，就有關於古代文明的書籍！」

我在被變成狐狸的佩克菈生日宴會之前，她帶了不少伴手禮來家裡。對喔，還有一本古代文明書籍……

「沙沙．沙沙王國是距今五千年前盛極一時，號稱人類文明中最古老的王國哪。不過該文明後來也走向滅亡，很長一段時間遭人遺忘……」

「哦！好浪漫啊！」

這番話真是觸動少年心啊。雖然在場沒有任何少年。

「的確曾有許多人類冒險家試圖尋找這座古代遺跡。但愈是可能接近真相的人，都不曾活著回來。聽說有大量惡靈居住在國王陵墓中，人類光是靠近就會大幅降低神智……」

話說回來，金字塔好像也曾經有這種詛咒傳說呢……

「如果能抵達遺跡，發現古代文明的遺產之類，肯定能成為億萬富翁。所以許多人挑戰過，但至今都沒找到確切場所哪。」

「噢，很久以前存在過這樣的王國呢。名稱好像叫蘇蘇・蘇蘇還是索索・索索。」

裘雅莉娜小姐不疾不徐地回答。另外正確名稱是沙沙・沙沙。

「這東西散發出邪惡的氣氛，我認為非去不可，才會進入森林。謹慎尋找過後，發現類似古代街道的痕跡，才沿路抵達目標。」

哦，這似乎是硬核的大發現喔！

可是有些地方啟人疑竇。

「欸，為何魔族會這麼認真地看待人類世界的古代文明？」

呃，如果她要說「對別國的古代文明感興趣很正常」、「日本人也會聚眾參觀古代埃及展覽之類」的話就算了。

「關於這一點，就由我來說明吧。」
法托菈表情冷靜地接著回答。
「若是與其他地區中斷交流的超古代文明，很有可能成為未知魔物、魔族、特殊惡靈的盤踞之處，因此有必要加以調查。」
「啊……以前也尋找過不死族之類呢……」
「是的。管理全世界的魔物等工作也是我們的責任。以前由於太缺乏資訊，甚至以為可能只是傳說，但如今終於證明了確實存在，如此就能前去調查了。只不過……」
只見法托菈的神情憂鬱。
「要進入完全未知的古代文明土地，所以也危險重重。」
連利維坦都會感到害怕的等級啊，看來十分嚴重呢。
「小女子也去吧。這可是展現自己力量的機會哪。」
別西卜暗自右手握緊拳頭。
「畢竟那可不是能派部下去的地方哪，而且瓦妮雅似乎不想去。」
瓦妮雅雙手高舉，做出投降的舉動。
明明是利維坦，看起來卻好弱……
嗯，雖然有危險，但是別西卜去的話，肯定沒問題吧。

她在魔族之中，可是實力名列前茅的強者。

可是——

別西卜的視線緊～～～～～～緊盯在我身上。

「呃，怎麼回事？妳的眼神……？」

「亞梓莎……保險起見，妳也一起來吧。」

「欸！這很危險吧!?甚至得帶部下一起去耶!?意思是我出事也沒關係嗎!?」

「因為妳可能是這個世界上最強的人哪。所以妳跟來的話，肯定比較安全又確實啊！偶一為之無妨吧！」

總覺得那不是能隨意叫別人去的地方耶——

但我應該有能力解決吧。

「知道了啦，我也參加。」

一臉無奈表情的我手扠腰。

只讓別西卜去確實有點怕怕的，而且她都拜託我了。

「亞梓莎大人，吾人也——」

我伸手制止萊卡。

「高原之家的家人這一次不能參加。不好意思，體諒一下。」

就算真的有類似詛咒的事物，魔族別西卜和可以自行使用解咒魔法的我還不要緊；問題是，我無法保證能保護眾多同行者。

「那我肯定沒問題吧！」

飄來飄去的羅莎莉自告奮勇。

「噢，嗯……也對……羅莎莉應該沒問題，可以一起來……」

畢竟幽靈絕對不會死。而且再怎麼說，也沒有擅長除靈的惡靈吧。

「那麼我也參加吧～♪」

佩克菈隨口答應。

「呃……佩克菈，妳是魔王吧。可以去那麼危險的地方嗎？」

不用說也知道不行。別西卜露出「不可以哪」的表情。

「可是呀，我應該比別西卜小姐還強喔～既然別西卜小姐要去，那我也可以參加吧～？我可以救別西卜小姐喔？」

「唔……聽魔王大人這麼說，真是無地自容哪……」

她果然是奇幻世界的魔王呢……若是上輩子，當國王與力量強弱沒什麼關係呢。至少摔角選手肯定比國王的臂力強。

「如此一來就有四人了嗎？羅莎莉雖然無法戰鬥，但是以隊伍能力而言應該足夠。」

如果遺跡內的敵人厲害到這樣還打不贏，那肯定束手無策，還是別往壞的方面想吧。

但是，還有一名成員舉起手來。

「我要去！拜託務必讓我去！」

史萊姆武術家，武史萊小姐強烈要求參加。

對了，她想嘗試自己的實力究竟能派上多少用場嗎——原因肯定不是這樣。

不知是否多心，武史萊小姐的眼神看起來好像「$」的記號。她這麼想要錢啊……

「武史萊，小女子好歹身為師傅才提醒妳，自己的安全要靠自己保護哪……？這可是妳自己的責任哦？」

「靠古代遺跡可以發一筆大財呢！上次一大堆蚯蚓的地下迷宮雖然沒賺到錢，但這次可是大寶庫呢！看我撈到全世界的史萊姆工作都賺不到的大錢！」

全世界的史萊姆有99.999%都不工作吧。

還有，以上這段對話根本不像是師徒。

「算了，無妨。既然妳要自己負責，那麼死了也不能怪別人。嗯。」

師傅也太無情了吧。雖然我也不太喜歡熱血系的氣氛，但無情到這種程度也不太好。

「姊姊大人，有危險的時候要保護好妹妹喔♪」

佩克菈摟住我的手臂。

所以我笑著表示。

「拜託基本上靠自己吧♪」

妳也強得很離譜吧。碰到危機總有辦法克服的。

於是決定由我、別西卜、佩克菈、武史萊與羅莎莉（多半無法戰鬥）五人（省略敬稱），前往沙沙・沙沙王國的國王陵墓。

「說不定難得有機會見到亞梓莎的全力哪。那可真讓人期待。」

「雖然對我而言，能順利地和平落幕是最好的。」

這次是玩真的。從別西卜身上也感受到魔族原本的鬥氣之類。

就是這樣，即使她平常悠哉，魔族依然是魔族。

「那麼，小女子就繼續看其餘的畫作吧。另外關於出發日期，會配合魔王大人的時程，挑選正好有空的日子，所以再稍微等一段時間。」

「姊姊，觀賞完繪畫後，要不要去島上的聚落吃點東西呢？」

別西卜和佩克菈也是，拜託不要突然恢復日常的態度。

◇

然後到了前往古代文明沙沙．沙沙王國的日子。

依照慣例，似乎要搭乘化為利維坦的瓦妮雅，先前往附近的人類土地。

話雖如此，接下來卻得在森林中徒步前進很長一段距離。由於森林實在太深邃，據說連當地居民都完全無法掌握。

「根據事前收集的情報，聽說這片土地的居民相傳，不可以進入北邊的森林。即使是生還探險家的紀錄，也大多是『地形極為複雜，完全分不清楚身在何方』哪。」

別西卜終究是公務員，這些事前準備都滴水不漏。

「是嗎？我們可以從空中確認地點，所以迷路的機率比較小吧。不如說，飛在天上尋找不是比較輕鬆？」

別西卜卻以手比了個叉叉記號。

「如果這樣找得到的話，老早就發現了。可能布下了不靠近就無法探測到的結界之類。妳們魔女也經常用這一招。」

「原來如此。反正我還帶了防蟲軟膏，進入森林的準備也萬全啦。」

可是我一拿出防蟲軟膏，就產生了問題。

「那東西散發出討厭的氣味哪……拜託盡量不要用……」

慘了。居然對蒼蠅王也有效……
結果防蟲軟膏無法使用。
森林中的路線的確遠遠超越健行等級。
首先是根本沒有像樣的路徑。似乎真的很長時間無人進入，光是尋找野獸小徑就費了一番功夫，得在森林中開路強行前進。
再加上還遇到好幾次平緩的起伏，連究竟是在爬坡還是下坡都分不清楚。
方向感也逐漸愈來愈混亂。
「這還真是難走……快要遇難了……」
「姊姊大人，請好好護送我，以免我走散喔。」
佩克菈依然悠哉地牽著我的手。這也是強大的實力證明吧。若是一般人，可能早就陷入輕微慌亂了。
「我想起以前在森林中修行的日子呢。啊，真懷念，真是懷念……」
武史萊小姐也毫不費力地不斷往前衝。
可能是工作的一部分，別西卜一直邊走邊畫地圖，或是在文件上寫筆記之類。
愈來愈有正式探險隊的感覺了。
當然，森林中也會出現魔物。
比方說，粗得像巨大柱子的蛇，彷彿連成人都能一口吞下肚。

「呀～！姊姊大人，好可怕喔～！」

——嘴上尖叫的同時，佩克菈右手啪噠一聲，一掌將蛇拍暈。

對蛇而言真是倒楣……因為我們超強的……

「佩克菈，就算妳假裝可愛的少女，但卻明顯沒有絲毫恐懼感吧……」

「姊姊大人，剛才只是嚇到才不小心出手而已喔～♪」

佩克菈做作地緊緊摟住我。應該說，實際上就是故意的。

森林是很麻煩，但是出現的敵人一點也不可怕，所以缺乏緊張感之類。

「前方的路程還很漫長，像魔王大人這樣以節約能量模式戰鬥是正確的。哦，這次換九頭蛇出現了哪。」

在日本應該叫八岐大蛇吧。是從一條身體冒出好幾個頭，像蛇一樣的魔物。這裡的蛇系魔物還真多啊。

「啊，這可以輕易打贏。交給我吧。」

武史萊小姐瀟灑地衝出去後，縱身一躍繞到九頭蛇的後方。

哦！很難得見到武術感十足的動作！

「從背後使出武史萊流史萊姆拳！以連續下重腳先發制人！」

劈啪劈啪劈啪！雖然樸素，但是九頭蛇確實變弱了！

「又是不起眼的攻擊！」

還有，她也使出太多次下重腳了吧！

「雖然樸素，但只要贏就行了！勝利者才是強者！贏不了的人不論話說得再漂亮，都只是喪家狼人的嚎叫！」

我知道她的意思，但我不太能接受。

「欸，別西卜，是妳這個師傅教她那種攻擊方法的嗎？」

別西卜搖了搖頭。

「不，那是武史萊原本就會的招式。她的基本理念是以樸素但威力強大的招式打敗敵人。因為諸如超必殺技的招式，沒命中時的破綻會很大。」

「那妳究竟教了她什麼啊。」

武史萊小姐明明拜別西卜為師，卻絲毫沒有別西卜風格的攻擊方式。我一直想問明白這一點。

「主要的內容……這個哪……在大賽中贏得獎金時該如何節稅吧……？像是該怎麼做才能提高扣除額……」

「怎麼不教她點技巧啊！」

總覺得哈爾卡拉還比較像我的徒弟。

九頭蛇伸長脖子，試圖攻擊武史萊小姐——

「哈哈哈！敵人來自上段的攻擊要命中蹲下的下重腳，需要一段時間！很容易在反擊之前打敗敵人！」

在攻擊命中前，下重腳先耗盡了九頭蛇的體力。或許九頭蛇也感到忿忿不平，但它已經變成了魔法石，因此無從得知。

「好呀！有錢，有錢耶！」

武史萊小姐迅速將魔法石裝進袋子裡。

雖然不知道她是否過著這麼需要錢的生活，但既然賺錢是她的座右銘，或許剛剛好。

「哎呀~大家真強呢。看得我好著迷喔。」

羅莎莉露出尊敬的眼神看著我們，雖然我什麼都還沒做。

「羅莎莉，別將她們這幾人當成基準沒關係……」

「可是我也想設法大顯身手呢。當幽靈果然對大家沒什麼幫助。」

噢，其實明明不用顧慮這種事情啦。

「羅莎莉只要願意待在家裡就很好了，反正不會造成任何麻煩。既不會弄髒房間，也不需要任何伙食費。」

該說這是幽靈的強項嗎，幽靈待在家裡真的不會造成任何麻煩。

「呃，是沒錯……可是從幽靈的視角來看，希望對社會多一點貢獻呢。」

羅莎莉一臉煩惱的表情。

不知道這是幽靈的普遍價值觀，或者羅莎莉屬於特例，但很難想像幽靈對社會有貢獻的模樣……

「喂，太心不在焉很危險喔——雖然想這麼說，不過這一帶的森林還算容易應付吧。普通人進入的話，大概五分鐘內就會沒命，但是對咱們不算什麼哪。」

「對啊。普通人碰到九頭蛇之類就完蛋了吧。」

不過繼續走了一段路後，佩克菈可愛地喊了幾聲「哎呀呀」。

另外她一直摟著我的手臂。這裡可不適合這樣走路耶，是樹海喔。

「嗯？佩克菈，怎麼了嗎？」

「姊姊大人沒發現嗎？別西卜小姐有察覺到嗎？」

「感覺有種奇妙的魔法，而且是普通人類不會使用的類型。」

別西卜的表情逐漸緊繃。

「咦，有什麼要來了嗎!?敵人!?」

「也難怪亞梓莎妳察覺不到。因為魔族對這種東西比較敏感。附帶一提，沒有遭受攻擊的危險。」

四周是純粹的森林，也沒有敵人的蹤影。

「是魔法結界的一種。只不過，屬於並非人類自古傳承的系統。」

「對呀。姊姊大人，稍微遠離一點喔。」

雖然很想說，是佩克菈妳自己一直靠著我，不過扮演姊姊的我忍住沒說。
佩克菈與別西卜兩人雙手合十，開始詠唱奇妙的咒語。
是魔族的古代語吧。
「「瑟路菲伊·拉瓦納·恩路魯·修結利·厄亞七古亞！」」
兩人持續詠唱著發音相當困難的咒語。
「「芬多諾農馬翁·亞！」」
詠唱完畢後，從兩人的手中冒出濃濃黑霧般的東西。
「淨化黑暗完畢囉♪」
「由於塗得一片黑，所以淨化得特別快。」
兩人說出『淨化』這個與她們不太搭軋的詞彙。
不過效果十分明顯。
剛才原以為是森林的地方——變成了森林。
…………呃，說出來才發現牛頭不對馬嘴呢。
也就是說，森林還是森林，但景色完全不一樣！
「這、這是怎麼回事!?」
「有人事先施加了魔法，防止他人深入。由於系統與目前人類使用的魔法完全不一樣，因此不論亞梓莎再怎麼怪物，但終究是人類，才會分不出來哪。」

「喂，別把我當成怪物。」

有點過分喔。我可是永遠的十七歲耶。

「由於較為接近我們魔族的魔法，所以看得出設下了機關。接下來強硬解除即可囉♪」

佩克菈毫無意義地飄動裙襬，輕巧地轉了一圈。除了強調可愛以外沒有其他目的。

我定睛觀察景色改變的森林。

「仔細一瞧，這裡似乎隱約有石板小徑呢。」

裘雅莉娜小姐說的古老街道，應該就是指這個吧。

「通往空無一物森林的街道……代表在隱藏什麼東西，這樣想比較自然。」

既然出現如此明確的證據，就不是靈異現象，而是考古學的領域。

「就算漫無目的地走，要抵達這裡也極為困難。除非運氣特別好，否則是不可能的。不過啊，說不定那個人的運氣非常差哪。」

「裘雅莉娜小姐似乎是超級長壽的妖精，所以可能也知道這裡布下了魔法結界♪如果事先知情的話，就是小事一樁♪」

世界還很深奧呢……

說不定我也還有成長的餘地。比方說，學習魔族之類的古代文明魔法，或是接受這個世界的神明授予某種力量。

雖然我不希望為了這個目的而過於努力，無法繼續過慢活的日子，但如果能比照遠距教學的方式挑戰的話，嘗試一下也未嘗不可。反正我有的是時間。

或許看著勤奮努力的萊卡，連我也萌生了健康的積極心態吧。

「不過呢，我稍微放心了喔。」

佩克菈再度轉過身來，面對我一臉笑咪咪。她這麼想飄揚自己的裙襬嗎？

「試圖如此嚴密地隱藏，代表不想與他人有任何接觸吧。所以應該也沒有侵略人類或魔族的打算♪」

既然知道已經保持祕密很長一段時間，代表對方主動攻擊的意圖薄弱。不過確認這一點很重要嗎？

「試圖隱藏些什麼→古代文明的遺產→金錢→幸福！太棒啦！」

「武史萊小姐，將金錢與幸福直接連結的想法，有問題喔。」

「即使沒有愛，只要有錢就無所不能！如果有無盡的錢，連武術都能拋棄！這才是武史萊流史萊姆拳！連武術都拋棄的覺悟！堪稱無的思想！這才是終極的武術！」

「正經的武術家差不多要提出抗議了喔！」

話雖如此，有機會遇見古代文明，連我也感到心情激動。

類似「我們採訪人員終於發現了決定性的證據」的旁白解說，在我腦海中響起。

◇

我們比剛才更加謹慎地步行前進。

既然會以魔法隱藏道路，代表前方即使有陷阱也不足為奇。

當然，不如說走得更加順暢。

「完全沒有魔物襲擊呢。」

之前攻擊我們的魔物，連看都不看我們一眼。

「可能是這條街道的原因吧。似乎施加了不讓魔物靠近，類似驅蟲劑之類的魔法哪。」

別西卜提出假設。

「哦……夢想愈來愈膨脹了呢……」

連我的好奇心都凌駕了恐懼心。

自從發現路後，大約過了一個半小時——

我們在行走的街道深處見到了某些東西。

「出現了建築物哪。位於正前方，那裡可能就是這條路的目的地。」

別西卜的表情也滿臉通紅。

接觸不知名事物的期待與不安。兩者必定同時出現。
而我們在彼端見到的東西——
「這是金字塔吧……」
真的呈現俗稱金字塔的形狀。
「姊姊大人，金字塔是什麼呀？」
佩克菈問我。對喔，金字塔不是這個世界的詞彙，所以她聽不懂嗎？
「是用來稱呼那種形狀的遺跡，雖然類似王室陵墓。」
只有那座金字塔的周圍沒有樹木生長。
絲毫沒有人的氣息，也沒有見到有誰維護的跡象，難道這也是惡靈的力量之類嗎？
「這還真是奇妙的遺跡哪，得好好調查一番才行。」
「姊姊大人，我好害怕喔～」
拜託，妳那絕對是騙人的。
「古代的遺產……嘶嚕……」
武史萊小姐，該說妳的身體快因為欲望而融化嗎？妳開始變回史萊姆囉。
「哦，這裡還真是熱鬧呢。」
雖然聽不懂羅莎莉這句話的意思，但難道有幽靈才聽得見的聲音之類嗎……

即使一派悠哉，但我依然提高警覺，同時接近。
萬一有陷阱的話，可不是開玩笑的。
「首先得先找到入口才行。」
「最壞的情況是破壞牆壁哪。」
難道沒有保護文化財產的意識嗎？
——這時候，好像傳來奇怪的聲音！

「回去！」「回去～」「此地禁止進入～」

哇，這是什麼啊！我反射性地摀住耳朵，聲音卻絲毫沒有停止。
這是直接向頭腦發出聲音嗎！
有人一直在喊不要過來！
說不定羅莎莉剛才說好熱鬧，就是這個意思!?
「別西卜，這種吵人的聲音也是古代魔法嗎!?」
「不，沒有魔法的氣息，所以是某人在說話。多半是沒有實體的靈體對象……」
「回去。」「回去回去，這裡不是妳們該來的地方。」「乖孩子快回去吸媽媽的奶吧！HAHAHA！」

總覺得好像混了一個美國來的。

「別西卜，佩克菈，這聲音不能想想辦法嗎？別西卜妳似乎能看見幽靈呢。」

羅莎莉以前棲息在哈爾卡拉的工廠時，別西卜就順利解決了問題。

「若是毫無戒備的對象還能立刻揪出來，但對方擺明要躲到底的話，就很難發現了……這些傢伙相當提高警覺哪……唔唔唔，到底在哪裡……」

這麼說來，對方並非單純的惡靈，而是類似警衛嗎？

當然，如果只有聲音的話，只要習慣了吵鬧，其實根本就無害——

「快回去～」「講個真實的鬼故事。在我房間裡，從出生以來就一直放著一個熊布偶。在我十二歲生日的那一天，我抱著布偶的時候，熊的頭突然掉下來。結果我發現頭裡面藏著一封信。」

「討厭～！有人在講鬼故事！」

我最怕這種故事了啦！拜託想想辦法！叫他閉嘴！

「哦，真有趣的設計呢～別西卜小姐，下次要不要找利維坦族的兩位，來一場驚悚巡遊之旅呢？」
「唔～總之我會告知她們兩人。」
魔族二人組不要在工作中活用驚悚的經驗啦！
「惡靈先生，惡靈小姐，請告訴我寶藏在哪裡！利潤會付給你們的！還會祭拜你們喔！」
武史萊小姐拜託控制一下欲望！還有，他們怎麼可能會告訴妳啊！
「哦，小故事嗎？還真是風雅耶。」
羅莎莉不愧是幽靈，有夠冷靜！
整支隊伍似乎對鬼故事無動於衷。好像只有我是例外……
「回去，回去！」「那封信上的內容是這樣的…『親愛的理查德，我現在依然搖擺於祝賀你結婚，以及無法原諒你背叛我的心情。』理查德是我父親的名字，這封信是父親以前的情人寫的嗎？『所以我送給你這個布偶。如果你發現了裡面藏的信，詛咒就會——』」
「哇——！哇——！我沒聽見！我什麼都沒聽見！我聽不見什麼鬼故事！」
「哎，真是的！幽靈的聲音和亞梓莎的鬼叫都好吵哪！喂，幽靈啊，你們在哪裡

!?小女子要消滅你們喔！現在就去消滅你們！」
別西卜雖然語氣激動，但連我也希望她這麼做。
不過——這時候傳來一陣另類的聲音。
「啊，各位好。我叫羅莎莉。」
羅莎莉在向某人問候。
「妳好。我是古代惡靈聶沙希姆。」「我也是，名叫托魯哈諾。」
唔……聽不到叫我們回去的聲音囉。
「不過竟然會有幽靈前來，還真是難得啊。」「已經不只相隔了幾百年，幾乎可說是第一次了呢……」
「嗯，我目前住在高原，目前人在此地的亞梓莎大姊家裡。在場的各位都是好人，敬請各位放心。」
「是嗎？只不過我們也得盡到守門人的責任……」「我去向上頭確認一下，能麻煩在這裡稍後片刻嗎？」
對方好像突然露出公事公辦的態度。
「我知道了，那就請多多指教。還有，剛才的鬼故事是真的嗎？」
「不，是虛構的。」
居然會有惡靈自編鬼故事……

「呃，羅莎莉，和惡靈說話不會有問題嗎……？」

我戰戰兢兢地問她。

「嗯，這附近全都是惡靈呢。即使是古老戰場，也很難聚集這麼多幽靈呢。」

除了我以外的人都泰然自若，拜託哪個人感到害怕吧。希望有個能分享心情的人。不過所謂的「人」只有我而已吧……

「附帶一提，大概有多少惡靈呢？」

「即使只算這附近，少說也有五百隻。如果包括相隔一段距離的惡靈，可能多達數千隻吧。」

「這個數字太超乎想像了！」

惡靈實在太多，恐怖的質也快要改變了。

像是靈異照片，如果出現一個可疑的事物會覺得可怕，但如果出現好幾百個類似靈體的東西，就變得一團亂了。

「各位只是單純的惡靈，所以不用太過戒備。」

出現無數惡靈當然會警戒啊，這麼多根本驅除不完。

「看來可以息事寧人呢。」

佩克菈又牽著我的手。她真的經常緊貼著我呢。

「對呀，能避免爭執是最好的。」

我沒辦法與幽靈戰鬥，我也不想打架，如果能和平搞定就好了。
另一方面，羅莎莉一直與可能是惡靈的對象談話。
對方似乎也很在意惡靈訪客。
「最近的活人世界嗎？噢，沒什麼太大的變化喔。」
「意思是沒有擴大陵墓的面積，或是建立向死者開放的國度之類嗎？」「要是打造一座可以悠哉待著的地下陵墓就好了。」
「沒有呢。死者沒什麼人脈喔。」
「唔，活人中心主義差不多也該改革了吧！」「應該給予惡靈更多權利才對。」
聽起來好像惡靈在暢所欲言，不過他們的價值觀也是活人中心主義吧？
過了一段時間後，惡靈代表人似乎前來。看羅莎莉的反應可以得知。
「只要不是以盜墓為目的，我們也可以暫時現身，但是不要緊嗎？」
聲音在我們的腦海中響起。
別西卜緊緊盯著武史萊小姐瞧。
「呃、這個……是沒有竊盜的打算……但如果能獲得古代知識之類，高價賣給研究人員的話就很高興了，沒有啦……」
這次換別西卜一臉嚴肅地靠近武史萊小姐。
「妳不用多嘴！」

「知道了，知道了！我閉嘴就是了！武術家說一不二！」

我開始覺得，她自稱武術家實在很厚臉皮……

「那麼，就在各位面前現身吧。」

於是見到無數惡靈包圍了我們。

「嗚哇啊啊啊！就算包圍我們的不是惡靈，也會嚇一大跳耶！」

我不由得退了好幾步，但身後也有惡靈。應該說，他們很正常地和我們的身體重合呢。因為沒有實體，似乎也沒有命中判定。

「竟然有這麼多哪……真是出乎意料……」

別西卜也緊緊盯著惡靈們瞧。

「各位大姊，這位穿著像女僕的惡靈，就是代表人娜娜・娜娜小姐。」

羅莎莉介紹給我們的對象，的確是穿著類似女僕服的女性惡靈。

但是裸露程度很高。至少不是正統派的女僕。

該說更加輕浮嗎？裙子也超短的，連肚臍都露在外面，腋下也空蕩蕩……如果基於Cosplay以外的原因穿這種衣服，只會讓人聯想起不正經的事情……

可是仔細一瞧，不只是她，所有惡靈都穿得很暴露。甚至不少人穿得像泳裝一樣。

話說回來，有一座像金字塔的遺跡，該不會以前很熱，所以幾乎不需要服裝吧。目前整體氣候也十分悶熱。

「不好意思，我是沙沙．沙沙王國的女僕長兼任大臣，名叫娜娜．娜娜。」

飄浮在空中的惡靈主動打招呼，所以我們也自我介紹。

原來古代文明也有女僕長啊。

「我們沙沙．沙沙王國是古代盛極一時的國度，但由於瘟疫蔓延，國民在短時間內無一倖免。且由於無人繼承文明，才會成為神祕的古代文明。」

原來有這一段不幸的歷史喔……

「許多對這種死法不滿意的人化為惡靈，聚集在王國遺址的國王陵墓附近，然後定居下來。之後很長一段時間，以惡靈國度之名快樂度日。現在回想起來，全滅後的結果還ＯＫ呢。」

明明是幽靈，但他們好積極喔！

「然後為了防止有人盜墓，原則上我們不在活人面前現身，還使用混淆記憶的魔法之類，以免所在地曝光。但這次有惡靈光顧，所以算是例外情況，我們才決定設立一個對話的場地。」

可是光憑官方見解，也不能照單全收。

「請問，我聽說有很多研究人員尋找這裡，結果卻失蹤，真相究竟是什麼呢？」

我下定決心詢問。

「有不少人遭受魔物攻擊而死呢。當然，這些人因為心中帶有遺憾而死，大多數都化為惡靈後在這個王國定居。」

好像歸化喔！

「哦～換句話說，就是死者的王國呢～身為魔族，我們沒有破壞的意思，我也希望能建立邦交喔～」

佩克菈表達肯定。

在場有國家元首，那麼事情就好談了。

「嗯。我身為沙沙・沙沙王國大臣，也會如此考慮。鎖國並不適合這個時代。」

娜娜・娜娜小姐雖然沒什麼幹勁，但發言透露善意。

「可是——」

聽她的語氣，還剩下某些問題吧……

「陛下一直閉關不出，所以我無法徵得陛下的同意。」

娜娜・娜娜小姐嘆了一口氣。

雖然已經死亡的她不會呼吸，但還是會嘆氣。

「怎麼，妳們的國王是繭居族嗎？像是不死族啦，死掉的傢伙還真是不愛出門哪。」

說起來，不死族的朋德莉也是繭居族呢。

「不，陛下是因為有個難過的原因……站在屋外談話也不太好，就帶各位來到我安葬的小型墳墓內吧。到那裡繼續聊。」

這還是頭一次宛如獲邀進入自宅般，在帶領下進入墳墓內。

「明明所有人一下子死光光，卻還有墳墓哪。」

「地位較高的人在死前會建造墳墓。」

地球上的國王與皇帝陵墓，也大多從生前就開始建設，所以不足為奇。

「如果提早完成的話，在世時還可以當成倉庫或別墅使用，所以還不錯。」

別將墳墓當成別墅啦！

「另外，有人會收集死後不敢讓人看見的收藏品。若事先置於墳墓中保存，只要蓋上棺蓋就能連同羞羞臉收藏品一同埋葬，非常安全。」

在我心中對古代人的敬畏之意大幅降低。

於是我們跟隨輕飄飄浮在空中的娜娜．娜娜小姐。

森林的彼端有一座小型金字塔。

說是小型，其實比一棟普通房子還大。

「這就是我的墳墓。雖然比王族的陵墓小，但要招待幾位客人進入並不成問題。各位請進，地方有點小就是了。」

娜娜．娜娜小姐如此說明後，正面的石門發出『隆隆隆隆……』的聲音，緩緩朝橫向開啟。

活得夠久，還會獲邀進入墳墓內呢。

沿著內部的筆直通道前進後，來到放置著石棺的房間。

「請坐在石棺上吧。」

「這裡面不是放著妳的遺體嗎……？」

「遺體是遺體，但其實就像蟬脫下的殼一樣無關緊要。不論遺體遭到破壞或是焚燒，對我都毫無影響。」

「可能真的是這樣……」

「打個比方，就像商品的包裝紙一樣。」

「好難聽的比喻。」

即使多少有些芥蒂，但既然已經獲得本人許可，就不會遭受詛咒吧。於是我坐在石棺上。

「一如剛才所述，我們即使在文明毀滅後，依然以惡靈的身分締造了悠久的歷史。做為歷史上第一個由惡靈建立的國家，或許值得自豪。」

「有道理……這可是前所未聞呢……」

「當然，由於惡靈無法前往太遠的地方，詳情我們並不清楚。人類再度滅亡後會發生什麼事情，與我們都沒有關係，所以其實無關緊要。」

也對，畢竟是惡靈，那些都是身外事。

「可是在這之中，陛下卻發生了重大問題……」

哦，接下來要轉為沉重的話題了呢。

「化為惡靈的國王究竟發生了什麼事？」

羅莎莉擔憂地詢問。畢竟面臨相同的遭遇，才會心懷同情吧。羅莎莉是很體貼的女孩。

「嗯……陛下發生了我們始料未及的情況……」

究竟是什麼呢……我無法想像發生在惡靈身上的悲劇。

「陛下他——感到厭煩了！」

我們頓時目瞪口呆。

「請各位仔細想想。我們身為惡靈一直封閉在這一帶生活，而且自從死後已經過了五千年……完全沒有任何新穎的事物！」

話說這的確很難熬耶！

五千年很漫長呢……連我也頂多活了三百年……十七倍的漫長光陰實在難以想像……

妖精他們也很長壽，但妖精可以四處活動，所以享有高度自由。

可是這裡的惡靈好像無法前往遠方。類似一種地縛靈吧。

「陛下在年僅十五歲、正多愁善感的年齡時駕崩。而且由於身分之故，沒有任何同年齡層的朋友，在毫無朋友的情況下過了幾千年，最後實在受不了……真是可憐……」

娜娜．娜娜小姐也露出讓人不忍卒睹的表情。

「結果大約兩千年前，陛下表示『今天一定要說清楚講明白！每個惡靈都死氣沉沉的，一點意思都沒有！在你們變得有趣之前，人家不想再見到你們！』並且從此閉門不出……」

聽起來好像各種厭煩呢……

「陛下原本平易近人，與任何人都十分親近；但是身邊人都基於陛下的身分而畢恭畢敬，才會造成奇怪的氛圍。」

這很常見……因為身分地位高，受到他人小心翼翼對待，結果反而鬧得不愉快……

「這種問題一直持續下去，經過三千年左右終於爆發……畢竟是容易發飆的十五歲年紀……」

呃，既然都已經忍耐了三千年，與其說容易發飆，不如說國王的忍耐力超強吧……？雖然到現在還不出來就是問題。

「之後就進不去陛下的陵墓了。一旦試圖靠近，就會遭受陛下使用的魔法攻擊……」

「我知道了～♪」

語氣輕鬆的佩克菈表示。

「我們魔族想和你們締結友誼，但是要建立邦交的話，就必須去找你們的陛下吧？」

「是啊……再怎麼說，我這個大臣也不能越俎代庖……」

「那麼，我就去找那位陛下囉。」

佩克菈說得理所當然。

「可是，這樣會有危險喔……？陛下的攻擊對活人也毫不留情呢……」

「妳也想讓陛下來到外頭，我為了建立邦交，也想與陛下見面。彼此利害一致呀，沒有任何問題♪」

即使態度委婉，佩克菈卻非常堅決。
之前的實際功績是她如此強勢的後盾。
「別西卜小姐，麻煩妳幫忙囉。」
「遵命，身為農業大臣，小女子會盡可能提供協助！」
兩人在主僕關係上相當一絲不苟。
「啊，武史萊也別偷懶，一起來吧。」
「呃……這個，我……背上好癢……可能不方便參加……」
一發現賺不了錢，她就明顯失去了幹勁！
「另外呢，陛下的朋友候選人似乎也在場～」
佩克菈的視線望向羅莎莉。
「咦，我嗎……？但我完全是平民之女耶……」
羅莎莉缺乏自信地指了指自己的臉，但我認為她完全適任。
對喔！還有這一招啊！
既然都是惡靈，肯定能產生比我們這些活人更強的共鳴。
而且羅莎莉能結交惡靈朋友的話，也是不錯的選擇！
「可以喔，羅莎莉。就算出身平民，但國家完全不一樣。彼此都是惡靈，可以平等地交流，而且她們的陛下似乎也希望平等的關係。」

但是羅莎莉依然猶豫不決。

這也不能怪她。換作是我，以前當社畜的時代突然要和某國總統交朋友的話，當然會嚇到。這種狀況下宣稱自己可以輕鬆交換電話號碼的人，反而比較奇怪。

可是，這時候應該鼓勵羅莎莉。

「羅莎莉，這就是社會貢獻！而且只有身為幽靈的妳才做得到。大家都需要羅莎莉妳的力量！」

這句話讓羅莎莉的表情一變。

就像點燃了她心中的鬥志般。

不如說，火真的從她的背後噴出來了！

「哦……從這一位的身上發出信念之炎……這是靈體能力增幅的證據……」

娜娜・娜娜小姐為我們說明。原來惡靈的世界裡也有各種現象啊。

「如果現在退縮的話，就死得毫無價值了！要來就來吧！」

羅莎莉展現出前所未有的熱情。

「喔耶！衝去找鬧彆扭的十五歲小鬼去吧！對付這種傢伙最好的方式，就是好好地揍一頓。我也是因為這樣才覺醒的呢！」

羅莎莉以前也獨自當過不良少女（？），遭遇上有相近之處。

「馬上就去找那個十五歲小鬼吧！娜娜・娜娜小姐，麻煩妳帶路啦！」

「好的，那就拜託各位了！可是……」

娜娜．娜娜小姐又露出還有其他問題的表情。

「非常抱歉，在帶路上我可能派不上什麼用場……」

這是什麼意思？

「光是這樣說明，各位可能無法接受，因此我帶各位去陛下的陵墓吧。」

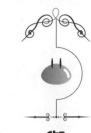

與惡靈陛下會面

She continued destroy slime for 300 years

我們在娜娜・娜娜小姐的帶領下，來到國王長眠的巨大金字塔。進入內部，走了一段路後，見到警告標語以古代文字刻在牆壁上。

根據娜娜・娜娜小姐所述，似乎是這個意思。

附帶一提，古代語照理說在生前也完全無法和我們溝通；但是王國的所有人都是惡靈，傳達給我們的語言才會轉換成聽得懂的詞彙。似乎是透過心電感應，直接對我們的頭腦說話。

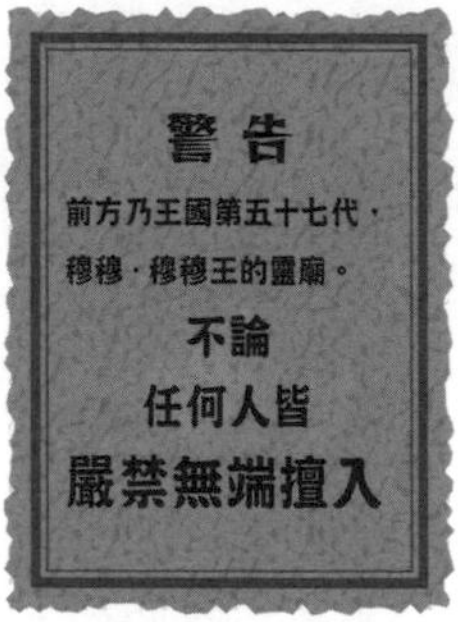

意思是國王不會饒過進入的人嗎？
警告標語底下放置了一個故弄玄虛的石製箱子。
箱子下方好像還設計成可以拉出來。
「請問，娜娜．娜娜小姐，這個石頭箱子是什麼東西呢……？」
所有可疑的事物都確認一遍比較安全。
「這是捐獻箱。」
「啊，原來如此……」
原來一點也不重要。特地確認的我看起來好蠢。
「前方已經化為透過陛下的魔法自由替換內部磚塊，每次進入的結構都不同的地下城……所以我無法為各位帶路……」
「怎麼這麼像遊戲啊！」
「將磚塊化為沙粒狀，加以自由組合的土製生物會阻擋活人進入。當然也設定成會攻擊我們惡靈。」
結果就是，要進入十分硬核的地下城嗎？
「抵達陛下的所在區域將是相當辛苦的路程。即便如此，依然要前進嗎？」
「我們可沒有膽小到會在這裡裹足不前！上吧！」
好！那就聽從羅莎莉撂下的狠話吧！

「嗯，我也難得感覺到，認真大鬧一場也不錯呢。」

正好，我早就想體驗一次硬核的地下城了。

之前的地底遺跡全都是蚯蚓，簡直整人，但這次可是貨真價實的地下城。是測試號稱最強力量的絕佳場所。

「知道了！我不會再阻止各位！敬請各位敞開陛下的內心吧！」

我們的心情也和娜娜・娜娜小姐一樣。

在這股心情推動下，我們進入地下城！

「各位，前往陛下的跟前吧！」

「上哪！」「幽靈，等著我吧！」「好喔～♪」「好……」

最後一個最沒幹勁的聲音是武史萊小姐，在她之前最開心的則是佩克菈。

可是，很快就發生了異狀。

走了幾步路後，發現有東西掉落在腳下。

是烤得香噴噴的麵包。

芳香的氣味直衝鼻腔。

我撿起麵包，望向娜娜・娜娜小姐。她也跟著我們尚未回去。

「不好意思。為什麼這裡會有麵包……？而且還熱熱的，好像剛剛烤好一樣……」

© Benio

「這是在地下城內填飽肚子的道具。由於內部呈現迷宮，活人可能會因為肚子餓而無法行動。似乎是陛下讓其隨機出現的。」

愈來愈像遊戲了……

「可是要吃掉落在地上的麵包，會讓人產生抗拒呢。」

「敬請放心。地板已經滅菌處理過，非常乾淨。麵包的品質也有保證。」

原本就覺得這座地下城相當人為，原來真的是基於惡靈陛下的意志創造的人工地下城啊。

「亞梓莎，別在乎小細節。現在應該完全遵守敵人的規則哪。」

可能在這個世界混久了，別西卜相當豁達。

「然後掌握規則，進一步尋找密技，這才是人生的醍醐味。」

徒弟武史萊小姐的這句話好像格言。

她的確反覆使出絕對不會輸給敵人的奧義呢……

「一想到是遊戲，就產生了幹勁呢。尋找能輕易攻略的遊戲缺陷吧！」

雖然享受的方式不正確，但只要能激發幹勁就好。

重整旗鼓後，我們進入陛下的地下城內。

通道十分狹窄，因此頂多以兩人縱隊前進。不過五人橫列並進的話，看起來很像小混混，我不喜歡。

走了一段路後，出現約等於成人尺寸的大型史萊姆。

「嘿！」

我伸手一拍。

史萊姆的彈性確實傳到身上。

似乎一擊便成功狩獵，史萊姆化為鬆散的沙粒，當場瓦解。

不過這隻史萊姆似乎是藉由古代魔法產生，也沒有出現魔法石。

「原來如此，終究是在遊戲內的意思嗎……」

在現實世界中，狩獵史萊姆會出現魔法石，雖然有些複雜……

這次則是巨大老鼠從隊伍的後方出現。

「哼！小女子早就察覺到身後的氣息了！」

由別西卜一拳打過去，狩獵老鼠。果然也立刻化為沙粒。

「唔，小女子逐漸掌握這座地下城的感覺了。只要像這樣打倒敵人，一邊前進即可。」

我也依稀記得上輩子玩過這種遊戲，所以知道感覺。

不過最大的差別在於——

我們的狀態大概都是開金手指等級的。

由於羅莎莉並非強大的惡靈，出現半透明亡靈之類的敵人時會不知所措。但這也由佩克菈與別西卜的魔法輕易消滅。

「沒什麼大不了呢～♪由於已經消滅，所以並非實際存在的亡靈。這也是以魔法創造的吧。」

「終究只是騙小孩子的哪。」

魔族二人組一臉從容的表情。

武史萊小姐似乎也為了紓解賺不到錢的壓力，毫不留情攻擊魔物。

「可惡！拜託掉一些珍貴道具好不好！」

在這裡獲得的道具能帶回現實嗎……？

至少這座地下城沒有困難到讓我們力竭倒下。

名為國王陛下的地下城頭目，等著我們吧！

順利闖至地下十樓左右，就在休息片刻的時候。

「我一直在扯大家的後腿呢……對不起……」

唯一無法在戰鬥中大顯身手的羅莎莉，露出沮喪的表情。

無論如何她都需要其他隊員保護。其實從一開始就知道會這樣。羅莎莉是普通惡靈，本來就贏不了專精戰鬥的靈體。

大家都覺得不需要放在心上。
可是，她本人卻無法完全不在意。
「當初如果沒有羅莎莉，我們可能早就與惡靈王國全面開戰了。能像這樣前往惡靈陛下的所在之處，是多虧羅莎莉的幫忙喔。」
與其說這番話是為了鼓勵羅莎莉，其實是單純的事實。
「每個人都有屬於自己的任務。只不過羅莎莉的任務還在更後面。」
我摸了摸透明的羅莎莉的頭。
雖然手上沒有感覺，但是心情應該確實傳達給她。
「謝謝妳，大姊……」
「正因為對力量不足感到心有不甘，有些事情才能傳達，羅莎莉。不久之後，需要妳的時刻肯定會來臨。」
「好的，我也會等待自己派上用場的時刻。」
羅莎莉緩緩點了點頭。
那麼，繼續探索地下城吧。
地下城從二十層左右開始，難度隨之提升。
但其實並非敵人變強，隊伍陷入危機。

而是路變複雜了。

出現好幾座通往下一層的樓梯，或是明明走了很遠卻碰到死路。

「呼啊～～～我累了……因為沒錢可拿，感到特別疲勞呢……」

武史萊小姐打了個呵欠。

士氣也逐漸開始降低了呢。話說差不多該抵達目的地了吧……

幾乎就在感到氣氛逐漸變差的同時。

羅莎莉獨自飛到前方。

「各位，我可能知道怎麼走了喔！」

然後以清晰堅定的聲音開口。

「知道怎麼走是什麼意思……？不是妳曾經來過的意思吧？」

「是透過感覺，身體會隱隱作痛，告知哪裡有惡靈………」

「唔，是惡靈會互相吸引的意思吧。」

別西卜以做作的形容方式描述。

「互相吸引……就是這種感覺。還有一種受到對方拉扯的感覺。比方說，各位在人生中應該經歷過很多次，探頭看向沼澤的時候，會有種快被吸進去的感覺吧？就是那樣。」

「沒有喔。」

這是什麼比喻，好可怕……

「大姊沒有這種經歷嗎？那麼換個比方，從橋上探頭看河川的話，會有種頭髮被使勁拉扯的感覺。很像那樣。」

「也沒有！」

「走過河邊的樹木旁，明明沒有任何人，卻感到身後有人的氣息──這總該有了吧。」

「別再說了……我最怕鬼故事了……」

全都和水有關係呢……難道水邊是幽靈的擅長領域嗎……？

「妳啊，這裡可是惡靈創造的奇妙地下城之中哪。事到如今還排斥這種程度的鬼故事，太奇怪了吧……」

「小時候，我連『打雷的話，雷公會來取走肚臍』這種故事都會嚇得皮皮挫啦……」

上國中的時候，雖然明白打雷只是單純的自然現象，但是害怕打雷卻始終揮之不去。

「肚臍不是沒什麼用處嗎，給雷公又何妨。」

「話說回來，我聽過『打雷的時候，雷妖精會來索取錢財』的傳說呢。」

別西卜與武史萊小姐悠哉地表示。

完全沒有人和我感同身受呢。雖然大家都嚇得不敢動也很傷腦筋。

「呃，雖然話題因我而起，但羅莎莉有受到拉扯的感覺吧？」

「嗯，沒錯，大姊！」

羅莎莉點頭表示肯定。

「我也認為很有可能喔。」

「很有可能是什麼意思？」

只見羅莎莉有些害羞地紅著臉，雙手重疊在胸口。

「這座陵墓的主人獨自當了惡靈很長一段時間呢。如此一來，應該會產生這種想法。」

接下來這句話，羅莎莉說得很堅決。

「希望見到其他的惡靈。」

感覺羅莎莉的身體顏色變得比平時更深一些。

「就算是陵墓主人拒絕與其他惡靈交流，肯定也有轉機……所以我會勇往直前！」

遭遇過痛苦或失敗的人，會更深刻地體會相同遭遇者的痛楚。

其中也有墮落至黑暗的人，認為自己遭受痛苦，所以要讓其他人感同身受。但羅莎莉並非這種人。

「好，羅莎莉，帶我們去吧。我相信羅莎莉。將神聖的一票託付給羅莎莉。」

既然家人都說到這個份上，當然該繼續前進。

「大姊……！感謝妳！我會一輩子附在妳的身上……不對，一輩子追隨妳的！」

一輩子附在我身上可就傷腦筋了。

若是守護靈倒無妨。不，就算是守護靈我也不要……

「既然姊姊大人這麼說，那我也投下神聖的一票喔♪」

「小女子也投下神聖的一票。」

「那我也投神聖的一票。」

雖然對魔族二人組很難啟齒，不過老實說，大概不太神聖吧。

我們將解決困境的方法，託付在羅莎莉受到拉扯的感覺上。

即使這種方針不太可靠，卻也沒有更好的其他方案。

但距離還是很長。這座地下城真的是一座大迷宮呢。

耗費時間漫長到中途甚至需要小睡片刻。

不過——自從由羅莎莉引路後，就再也沒發生走進死巷子得掉頭的窘境。

肯定是羅莎莉憑直覺認知到正確的路徑。

「姊姊大人，這座地下城真的很煩呢。不開玩笑地說，這應該是人類土地上最大規模的地下城吧？」

佩克菈雖然非常冷靜沉著，但若是普通隊伍，肯定戰戰兢兢。

魔物敵人也變得相當強，甚至出現了會使用強力攻擊魔法的骷髏魔法師。

由於我們更強而並未陷入苦戰，若是一般冒險家應該早已精疲力竭了。

「前方又有魔物在守株待兔哪，是三個頭的地獄犬之類吧。」

前方出現很不適合當寵物、類似大型狼的魔物。奇怪，三個頭是不是在相互爭奪食物啊。

「這裡讓我來吧！」

我輕鬆地接近地獄犬。自己在滿級的狀態下玩遊戲，應該也是這種心情吧。遭遇敵人時不會嚇到心臟狂跳，這樣正好。

地獄犬也轉身望向我。

可是——牠的動作有些不對勁。

完全沒有以肉眼跟不上的高速度撲過來，或是以為消失結果卻繞到身後。

動作真的只能以「很奇怪」加以形容。

顯得特別僵硬，絲毫不像生物的動作。

與其說動作不靈活……更像機器人……？

撲到我這邊所耗費的時間實在太久了。

彷彿牠被施放了動作變慢的魔法一樣。

我試著繞到牠的背後，結果在移動前的位置與移動後的位置，都見到地獄犬的身體。

雖然在對戰漫畫中，經常出現速度太快出現殘影的說明，但這種情況下應該正好相反。

「以電腦來形容的話——這是延遲吧……？」

我朝地獄犬使出一記踢腿。

腳上傳來以地獄犬而言有些奇怪的觸感。

好像踢到有彈性的海綿一樣……

並非確實攻擊到野獸時傳來的感覺……

踢腿的傷害發揮效果似乎也花了一些時間，大約五秒後地獄犬才消失。似乎並非加工沙粒製成，而是以魔法創造的生物。

「剛才的地獄犬生病了嗎？這麼一來，也太講究真實性了吧。」

「別西卜，那應該不是刻意這樣設計的。」

我望向剛才地獄犬擋住的通道彼端。

相較於之前的地下城，氣氛明顯不同。

該說牆壁的質感比較廉價嗎？之前是精巧的石造材質，現在卻變得好像清水混凝土。與其說清水混凝土，或許該說很像粗糙的像素吧……

於是我得到一個結論。

「前方尚未完工吧。」

我這句話似乎造成不小的衝擊。別西卜追問不休。

「尚未完工是怎麼回事？意思是偷工減料？」

「與其說偷工減料，或許單純以『沒完工』形容較為正確。妳看，注意前方。」

我以右手指著走廊深處。

「這條路特別筆直地延伸到彼端吧。照理說該有個拐彎才對，但是之前卻沒有這麼長的直線道。」

「話說的確是這樣哪……」

「我認為是還在設計中。所以接下來應該會提早抵達。」

之後同樣出現魔物，但每一隻都像地獄犬一樣發生延遲現象。

其中也有魔物的身體變成多邊形。

還有以小型立方塊組合而成的魔物，甚至看不出來是哪一種。

「姊姊大人，這隻魔物究竟屬於魔獸還是哥雷姆，完全看不出來呢～」

「佩克菈，這肯定是來不及將其設計得更像野獸吧……」

「動作也十分僵硬，我從未見過這種動物。」

自然界中應該不存在這種動作的動物吧……

不知為何，我感受到遊戲開發者的悲哀……

佩克菈以手刀擊敗這隻神祕的敵人。

之後繼續發生不可思議的現象。

「哎呀呀呀！我卡住了！」

武史萊小姐竟然跑進牆壁內！

「喂，武史萊！妳在做什麼哪！難道是武史萊流穿牆術？」

連別西卜都嚇了一跳。這種現象對魔族而言似乎都很怪異。

「不是啦！我剛才想觸摸牆壁，結果直接卡住了！哇哇哇！」

結果武史萊小姐完全跑進牆壁內不見蹤影……

「這豈不是相當麻煩？萬一回不來就慘了！」

「對呀，大姊，還是得有人去追上她吧……」

可是這時候，所有人都低下頭去。

——因為鑽進牆壁內太可怕了。

老實說，比魔物還要可怕得多。

「呃……身為師傅的提議是……先等個十五分鐘再看看如何……？」

「這、這個點子好……我也贊成……」

魔族二人組似乎不想鑽進去。既然不知道危險程度，沒有人敢開口要去。

「也對，就這樣吧……」

然後過了十五分鐘。

武史萊小姐還是沒出現。

這真的很不妙吧……要下定決心進入牆壁內嗎？

還是應該前往地下城創造者的國王陛下跟前，要求對方釋放武史萊小姐？

正當我即將開口時——

「我感覺這裡有東西。」

羅莎莉指了指牆壁。是剛才武史萊小姐消失的那一面。

「我進入裡面看看，說不定能發現什麼。」

可是我實在沒有勇氣開口讓她去找找。就算她是幽靈，這座地下城也很特殊。若是普通的建築物，或許還能在牆壁中移動……

不過就在我猶豫不決之際——

武史萊小姐竟然從牆壁鑽出來！

「我回來了！」

「哇！好可怕！」

自從與羅莎莉一起生活後，我已經較為習慣有人從牆裡鑽出，但還是嚇了一跳！

「妳啊！既然能移動的話，怎麼不早點通知啊！剛才多擔心妳哪！」

別西卜的表情也像是如釋重負與嚇一大跳輪流出現般。

「不好意思，因為我喜歡發現密技……但我也因此發現了喔。」

武史萊小姐一臉得意的表情。

「只要走進牆壁，就可以抄近路耶！」

結果大家都苦笑以對。

大家都不願意進入牆壁吧。以一般感覺而言，不會有人的興趣是鑽進牆壁內。

「就說不用擔心了嘛！可以抵達類似終點的地方！也不用繞一大圈呢！」

光聽武史萊小姐的描述，大家可能都不會採取行動——

「我也認為是正確的。從這裡筆直前進比較好。」

但既然羅莎莉也這麼說，我倒是願意相信。

家人說的話當然要相信啦。

「我先進去。」

然後我悄悄地進入牆壁內。

雖然有種身陷在果凍內的感覺，但是可以呼吸，也完全可以往前走，同樣也能回頭。

我從牆壁探出頭來。

「沒問題！走吧！」

◇

我們默默地走在牆壁中。

大約五分鐘後，突然從牆壁中跑到走廊上。

旁邊有一扇明顯與之前氣氛不一樣的石門。

門的反方向似乎連著一條蜿蜒的走廊。

「原來真的是捷徑啊……」

哇，人生第一次體驗在牆壁中行走呢……今後可以暫時不用再體驗了吧……

羅莎莉的視線已經轉向石門的方向。

「雖然我看不懂寫在門上的文字，但這扇門後方的人多半就是國王。」

「嗯，羅莎莉說的應該沒錯。」

我們來到了可能有重要人物的所在之處。

「可是門上沒有把手，很難打開呢。」

話剛說完，佩克菈便使出蠻力，硬將門往兩側滑開。這時候展現硬派風格啊……門完全開啟後，我們才得以窺見後方房間的情況。

眼前是——大量石板堆積如山的空間。

雖然有條勉強供一人行走的空間，但周圍卻有無數石板堆成的塔。如果這些石板塔壓在頭上，普通人可是會當場沒命的。

「怎麼回事？這裡是古代的圖書館？意思是說，咱們找錯地方了……」

「稍等一下。道路還往前延伸，而且——」

羅莎莉穿梭在石板中，朝後方前進。

後頭絕對有東西。不如說，有人。

「羅莎莉，這樣很危險，不要太著急！」

我也在石板縫隙中的通道前進。

過了好幾個石板通道的轉角後，視野頓時開闊。

一名少女坐在椅子上，同時進行某種工作。

桌子上還放著石板，但看起來好像電腦。

實際上，少女正不停以雙手手指在其他石板上敲打。這是鍵盤盲打嗎？

穿著的裸露程度看起來與娜娜・娜娜小姐一樣高。而且肌膚呈現褐色，有埃及的感覺。

至於說到其他特徵——這女孩居然有實體耶？

連我都是第一眼就見到她出現在視野中。

「妳就是此地的國王吧！別整天關在這裡，偶爾出去走走怎麼樣？大臣小姐都很傷腦筋耶。」

羅莎莉帥氣地向國王（記得名叫穆穆・穆穆）開口。

可是，穆穆・穆穆王並未停下手邊的工作。

難道她沒聽見嗎？

「喂……妳別不理我喔！我剛才口氣這麼嗆，這下子很難為情耶！」

「人家正在設置地下五十三樓的陷阱啦！設計成假裝有恢復泉水，前方卻有落穴陷阱，會直接掉到五十七樓啦。如果做到一半不管，人家會忘記究竟做到哪裡啦。在旁邊等人家一下。」

她剛才似乎並非沒聽見，還向我們抱怨。

話說回來……看到這一幅工作光景，不知為何我感到心情沉重。

對喔，那些像電腦的石板讓我聯想到社畜時代嗎……
「魔王大人，現在該怎麼辦？要強迫她面對咱們嗎？」
「不，她似乎是該國的國家元首，就等待她一下吧。」
佩克菈穩重地回絕了別西卜的危險建議。
話說回來，這位陛下的語氣怎麼聽起來像關西腔……
難道古代有類似大阪的城市國家嗎？大阪府倒是有一座超巨大的古墳。
「趁她現在破綻百出，從背後一敲後腦杓就能打倒她呢。」
「武史萊小姐，妳明明是武術家，發言內容有七成都很陰險耶。」
剛才一直在攻略地下城而差點忘記，打倒她可不是此行的目的。
「好，完成啦，完成啦。儲存後關閉。也沒有延遲造成當機，行。如此就算開始強制更新也安啦。」
果然，這些單字讓我回想起社畜時代……
搞出強制更新之類的人，應該下地獄去。
然後陛下轉過頭來。好啦，究竟是什麼樣的人物呢？
希望不會突然說出「妳們這群不敬之徒，朕要處死妳們」這種話。
「哈囉～人家是穆穆・穆穆。哎呀～沒想到妳們會來到這裡耶～結果還是來不及

做完地下城呢～」

打招呼的語氣十分隨便。

佩克菈也是這樣，這個世界有不少國家元首都不拘小節呢。

「啊，隨便找個地方坐咧。因為沒什麼打掃，可能有些霉味，但是對人體無害，放心吧。其實人家莫宰羊。」

噢，她果然是關西人沒錯。

只有關西人才講「莫宰羊」這三個字。

「佩克菈，大家應該有很多問題想問她，所以就輪流問吧，可不可以？」

「好的，全部交給姊姊大人囉。」

由於謎團太多，以一問一答的方式詢問吧。

「那就從我開始。」

其他成員似乎也同意，因此我率先開口。

「為何妳會一口關西腔？難道是關西人轉生而來的嗎？」

或許與本質無關，但我很在意這個問題，因此優先處理！

「關西腔？那是啥呀。人家說的可是神聖王國語喔。只有部分高貴人士才允許使用，王國最高貴的語言喲。」

神聖王國語!?翻譯過來就會變成關西腔嗎!?

「神聖王國語是專門用來溝通的語言啦。說是最優秀的語言也不為過。其實人家莫宰羊。」

誇下海口的同時，卻以「莫宰羊」巧妙地推卸責任……

「比方說……對了，那個戴黑帽子的，假裝以弓箭射人家吧。」

黑帽子指的是我吧……因為還沒有自我介紹過……

我將右手拉向後方，做出射箭的動作。

「射出一箭!啪——!」

結果穆穆．穆穆王以手摀住胸口，露出痛苦的模樣倒地。

「嗚哇~好痛~人家要死啦……明明等戰爭結束後要結婚的啊…………」

現場沉默了一段時間。

這段奇怪的空白是怎麼回事……

然後穆穆．穆穆王一臉若無其事地起身。

「——差不多就像這樣。神聖王國語很適合與陌生人溝通吧？」

「這和語言無關，而是妳原本就是這樣的角色吧！」

「哦，妳呀，不錯喔！知道適時地吐槽耶！」

穆穆．穆穆王接近我，伸手在我背上拍了拍。

似乎不是攻擊，而是在歡迎我。

「雖然很在意標準王國語，但這是因為翻譯成活人的語言，沒辦法吧。」

可能即使相互以古代語交談，語感的差異也頂多像關西腔與標準話吧。其實我莫宰羊。

「那麼接下來，由我代替姊姊大人發問囉～為何要創造這麼困難的地下城呢～？」

有佩克菈在場，就突然更有聯誼場合的感覺。

「這個喔，因為家臣太沒幹勁了，才會感到一肚子火……」

穆穆・穆穆王的太陽穴青筋跳動。看來她似乎相當不爽。

「尤其是叫娜娜・娜娜的，知道吧？」

「是的，剛才有見到～♪」

「她實在是太糟糕了……叫人家借她文具，人家給她一根香蕉，結果她竟然平淡地回答『不好意思，我要借的是文具』耶！人家沒要求她回答得多巧妙，但至少該吐槽一下『啊～很好寫喔～——等等，這不是香蕉嗎！』才對吧！否則人家交給她香蕉，豈不就變成人家有問題了嗎！耍寶的成敗與否，都掌握在吐槽者的手上吧！」

老實說，這個原因實在莫名其妙。

可是如果累積千年，甚至兩千年的話，可能真會成為氣到炸開來呢。

我逐漸發現這女孩躲在陵墓中不出來的原因了。

「對了，除了妳以外，有人會說神聖王國語嗎？」
穆穆．穆穆王搖搖頭，回答別西卜的問題。
「會說神聖王國語的人，在瘟疫流行的當時就死光了。可能因為大多人過著優渥的生活，似乎都沒有成為惡靈哪。」
國王輕描淡寫地說出可怕的話。
「人家從生前就對平民的毫無幹勁感到不滿，才會變成惡靈。」
換句話說，關西人只有她一人，剩下所有人似乎都是說標準話的普通人。
「話說回來，只剩下平民後，人家才終於感到不爽……為什麼要擺出禮貌的態度啊……很不自在耶……」
結果興趣不對盤的國王勃然大怒，才會躲在這裡嗎……
起先我以為是國王青春期而叛逆，但似乎不太一樣。
「接下來換我。為何只有國王陛下有實體呢？」
武史萊小姐問的問題很正經。
「因為人家是國王，陵寢內才放置了死後靈魂可以附身並活動的軀體。所以才有實體。嚴格來說，是以靈力操縱肉體啦。」
原來是國王才有的特殊待遇嗎？
「還有呢，創造這座地下城的原因，一句話形容就是基於興趣與實際收益。沒有什麼能專注的事情不是很無聊嗎？所以才會創造最強的『專屬地下城』。」

「我知道妳的興趣，但是總覺得沒有實際收益呢。就算創造這種地下迷宮，也賺不到錢呢。」

她果然在意賺錢的問題。

「像妳們這樣的人進入王國遺址，萬一連除靈師都跑來，王國就完蛋啦。所以為了因應這種情況，才會創造地下城。不論任何冒險家都無法通關的地下城才安全。只不過被妳們攻略啦。」

原來如此，雖然她一直繭居在裡面，但很有為民著想的國王風範。

「那最後換那個惡靈發問，就問過一輪啦。有什麼問題嗎？」

國王伸手指了指羅莎莉。

「這、這個……」

事出突然，羅莎莉也有一點慌張。

「喜、喜歡吃什麼呢……？」

「還有其他更值得問的問題吧！另外人家喜歡吃香蕉！」

雖然被她吐槽，結果她依然回答。

「那麼就調整心情……嗯哼……」

羅莎莉的眼神中燃起幹勁。

「我不懂得問太機靈的問題，所以同樣身為惡靈就開門見山囉。大家似乎都對國王閉門不出感到很難過耶。別發脾氣這麼長時間，出來一下嘛。一個人待在這裡有什麼意思咧。」

羅莎莉看起來好成熟。

她也吸收了不少經驗，有所成長呢。還好當初收留她待在高原之家。

「沒啦，絞盡腦汁創作自己想像中的最強地下城，著迷之後很有趣的。」

「這時候不要表情認真地否定啦！會害羅莎莉下不了臺吧！」

「而且人家已經死了，所以也沒有過勞死的問題啊。反正又沒有期限。」

原來連古代文明都有過勞死啊，人類的罪業實在太深了。

「啊～還有呢，接下來的原因有點難為情……」

只見穆穆．穆穆王含糊其辭，紅著臉。

「就算人家回去，也沒有人可以當朋友……雖然大家都喊人家陛下、陛下，可是人家要的不是這樣……不如說在耍寶的時候，敲人家腦袋一下也好……」

「怎麼能打國王的頭呢！」

吐槽者也需要很大的勇氣耶！

「沒錯！人家就想聽剛才黑帽子這樣的吐槽！不過始終沒有這樣的人才！不如說只有一堆誤以為自己很有趣，其實無聊得要死的人！」

我不斷受到稱讚呢……如果這是面試的話，應該會獲得錄取吧。
但我也不是不明白這位穆穆．穆穆國王的煩惱。
所有國民都是惡靈，代表數量多半不會增加。
與同一批人相處一千年、兩千年卻始終沒有朋友，多半相當難受。
她會拒絕相處，走上沒完沒了地創作地下城的方針，可能也是無奈之舉。
「乾脆讓其他國民學習神聖王國語如何？」
「人家早就試過了。但他們居然說『神聖王國語啊，感覺有點野蠻呢～』有夠沒禮貌的！瞧不起人家喔！」
拒絕的原因一點敬意也沒有！
「人家先聲明，神聖王國語的歷史比標準王國語更悠久！原本標準王國語才是方言！他們怎麼會連標準王國語的起源都否定啊！」
「等等等，等等等。冷靜一點，冷靜一點。」
「而且有學神聖王國語的人，講得也亂七八糟……音調根本不對……有夠詭異的……比方在戲劇中講神聖王國語的場景，實在糟糕到讓人看不下去……」
她根本就是關西人吧。
這還真是四處碰壁呢，該怎麼辦才好……
其中，羅莎莉輕飄飄地浮現，同時來到穆穆．穆穆王的面前。

「雖然妳說了一堆有的沒的，但總而言之，妳沒有朋友吧？」

這還真是一語道破呢。

意義上應該沒說錯。

可是突然說得這麼白，對方不是會生氣嗎……

「厚，對呀！就是沒有朋友！全都是家臣！大家都是上下關係！高處不勝寒是真的耶！這是怎麼搞的啊，不死王國的懲罰之類嗎？」

穆穆．穆穆王說得滔滔不絕。

她不是會就此消沉沮喪的人。

不過，我明白了國王的心情。

偉大的代價是長達幾千年、今後也不知何時結束的孤獨，的確很難熬。

「如果不嫌棄的話……我當妳的朋友吧。」

表情依然有些僵硬的羅莎莉伸出手來。

對象是國王。

「雖然沒有妳那麼久，不過我也獨自當了惡靈很長一段時間。對妳的痛苦可以感同身受二十分之一左右。」

目前羅莎莉正以過去的傷口為經驗，試圖拯救別人。

我彷彿見到人類最尊貴的面貌之一。雖然雙方都是惡靈。

「還有在我看來，只覺得妳是很久以前穿得很奇怪的人，也不會覺得妳特別了不起。」

「少囉嗦！在人家眼中，妳們還比較奇怪咧！」

她的確沒有國王的風範……

「我啊，也想要有個惡靈朋友……因為有些事情只有惡靈才明白……」

羅莎莉略為別過視線。

啊，羅莎莉的出發點並非同情之類。沒有那麼單純。

即使羅莎莉並不孤獨，但她畢竟相當特別。

想要惡靈朋友是理所當然的。

「朋友嗎？要當朋友的話，彼此就對等囉。」

穆穆・穆穆王露出皓齒一笑，嘴裡還露出虎牙。

然後她緊緊握住沒有實體的羅莎莉雙手。

「好，當朋友！別用什麼陛下或國王的稱呼，叫人家穆穆・穆穆吧。或是簡稱小穆也行。」

這種稱呼雖然很靈異，但像是惡靈棲息的神祕古代文明啦，聽起來超靈異的，不如說這樣才正確吧。

「嗯，知道了，小穆！我叫羅莎莉！」

「好名字！告訴人家當今的人類文明吧！」

我彷彿見到了青春的一頁。

「真是美好的光景哪。連小女子都感同身受地快哭了……」

「花了這麼大的力氣，結果做白工……我去哭一下再來……」

武史萊小姐也很努力，希望魔族王國事後可以撥點款給她。

「妳們也稱呼人家小穆吧！不准拿人家當國王看！」

「那麼小穆小姐，我口渴了，去幫我買麵包和飲料吧～♪」

「要加敬稱可以，但是跑腿免談！關係親近也得講禮貌！」

佩克菈今後也會玩弄她吧……我已經窺見跡象了。

◇

然後我們離開地下城，回去找惡靈們。

回程拜託小穆排除地下城的要素，讓我們徒步五分鐘左右可以抵達。如此一想，才發現那座地下城的品質真的很高。

雖然不以國王相待，但為了與佩克菈建立邦交，小穆親自署了名。由於她具備身體，因此可以拿筆。

© Benio

「來，這樣可以了嗎？」

「可以囉。我們不會公開這個國家的祕密，敬請放心。另外我們會規定，最多只能告訴朋友的朋友。」

「這樣就散布得很廣了耶！」

「我們還會吩咐，告訴朋友之前必須加上『有件事情別說出去』才行喔。」

「別鬧了！要是會除靈的人跑來就慘了，拜託別這樣！」

佩克菈已經在不停逗她了，比我想像中還快。希望這樣能稍微降低她糾纏我的頻率。

「真的非常感謝。多虧各位，陛下才能回來。」

娜娜・娜娜小姐向我鄭重行禮。

形式雖然與我的認知有差異，但馬上就明白這代表道謝。只要有心理解對方，即使異文化也能相互了解。

「不，羅莎莉的功勞比我還大。」

我望向輕飄飄浮在上頭的羅莎莉。

「沒有啦……我只是全憑氣勢行動而已……根本沒有任何勝算……」

不如說，正因為毫無盤算，才足以打動人心。

但因為來了純粹只想交朋友的惡靈，才能開啟小穆的內心啊。就是這樣的吧。其實我莫宰羊。

「還有，娜娜．娜娜小姐，偶爾也用神聖王國語對國王說話吧。這樣應該能縮短這個國家之間的距離喔。」

「噢，神聖王國語嗎……」

娜娜．娜娜小姐露出尷尬的表情。

「神聖王國語聽起來好可怕呢……該說好像壞人說的話嗎……」

「根本就是偏見吧！」

也難怪小穆會封閉內心……

反正王國內部的問題，就由王國自己解決吧。

對我而言，羅莎莉能交到惡靈朋友真是太好了。

讓桑朵拉也依樣畫葫蘆，交到曼德拉草朋友……從稀有程度來看，可能有點困難……

惡靈陛下前來遊玩

She continued destroy slime for 300 years

「哦～這裡就是高原之家嗎？」

紀念與羅莎莉成為朋友，小穆來到高原之家遊玩。

說是前來，不過具備身體的小穆缺乏移動方式，因此派萊卡負責接送。

一直躲在陵墓內似乎對健康（？）也有害，讓她來一趟其實正好。

「對啊，我就是承蒙大姊好意住在這裡的。」

「防禦真是薄弱耶。這樣的話，會跑來一大堆冒險家吧？」

「沒啦，又不是地下城，這樣就足夠了……」

兩人的話題似乎還不對盤，但小穆應該很快就會習慣。

趁家人聚集在飯廳，羅莎莉向大家介紹小穆。

我也特地讓羅莎莉負責介紹。畢竟我不應該搶太多大家的工作。

「這一位是古代文明的國王，惡靈穆穆．穆穆，總之稱呼她為小穆吧。」

「人家是小穆。話說人家死掉的期間內，文明似乎也變了相當大呢。大家多指教啦。」

小穆迅速舉起右手，做出打招呼的動作。我們家人也打招呼回應。

其中對小穆最感興趣的人是夏露夏。

「關於沙沙．沙沙王國的一切，夏露夏有好多想問的問題，希望告訴夏露夏。古代文明的資訊幾乎沒有留下來，這堪稱歷史學上的重大發現呢！」

眼看夏露夏窮追不捨地逼近小穆！也難怪，對於宛如知識好奇心化身的夏露夏而言，想問的問題肯定多不勝數……

「私下告訴妳倒是可以，但是不可以在大學發表……還有，人家也並非無所不知，所以最後終究會加一句『其實莫宰羊』。」

『其實莫宰羊』這句話還真方便耶。

「夏露夏會遵守約定…………雖然想這麼說，但可能會不小心說溜嘴，不太放心……」

「拜託，不絕對保密怎麼行啦！」

「夏露夏當然會努力。當然會。其實莫宰羊。」

「這時候不要用『其實莫宰羊』這句話啦！」

怎麼一下子就吵了起來……身為家長，我是不是該介入呢。

不過，這時候羅莎莉打圓場。

「只要不寫成論文之類，資訊的擴散範圍就有限。況且沒有人敢闖進那麼可怕的森林，所以放心啦。可以不用那麼擔心。況且『森林裡有什麼東西』這種等級的謠言從以前就有了。」

「也、也是……既然羅莎莉這麼說，那就告訴妳吧……」

哦，羅莎莉順利地引導了小穆呢。

嗯嗯，希望她們可以繼續和睦相處。羅莎莉身上也產生了良好的改變呢。

「欸，小穆小姐，來玩吧！」

這次換法露法主動靠近。我的女兒真是不怕生呢。

「是可以，但人家可不玩賽跑或抓蚱蜢之類喔，要玩更加優雅的遊戲才行。畢竟人家也是國王呢。」

結果小穆事先叮囑，畢竟她不如法露法那麼年幼。

「比方說呢，觀賞角鬥士與獅子的決戰。」

「等一下！不可以教她們對孩童教育有不良影響的遊戲喔！」

遊戲的內容太霸氣了，很危險耶！

「那麼，讓罪犯橫越搭建在高塔之間的細長橋梁如何？掉下去就會摔成肉餅喔！」

「這種遊戲一點也不優雅吧！不要玩血腥的遊戲！」

居然比魔族還要殘酷。這樣沒問題嗎……？

「可是啊，這裡又沒有高性能的石板。要真正建造地下城，或是挖一個宴會用的酒池，都需要大約十萬勞動力耶……」

遊戲的規模也大得太離譜了。

「那麼，法露法出數學的問題，小穆解解看吧！」

法露法，這樣太不像遊戲了啦！應該說這屬於遊戲的對立概念，也就是念書！

「噢，人家會解這種程度的問題。以前家教學者有教過。這裡這樣做，那邊則那樣……這樣，再那樣，差不多就像這樣！」

小穆輕易解答了法露法出的高難度問題。

看來她也確實接受過英才教育。

「哇，好厲害！那就換下一題囉！」

「不管幾題儘管問。看人家三兩下解決。」

可能由於說的話翻成關西腔，一點也沒有國王的感覺。

不知不覺中法露法與小穆似乎意氣相投，相互討論數學問題。

這本身是讓人面露微笑的光景——

但是羅莎莉卻在後方閒得發慌……

這下子不好。身為難得的惡靈朋友，應該由羅莎莉招待小穆吧……一下子與法露法聊得起勁，好像不太好……

「話說，小穆，機會難得，要不要和羅莎莉一起去弗拉塔村？」

「村子啊。放火燒村子玩嗎？」

妳是戰鬥民族喔。

「要是惹出麻煩可就慘了，我也跟著去吧……千萬別燒了人家村子喔。」

「開玩笑啦，開玩笑。像是放火燒村，抓人奴役，斬首祭祀之類，早在文明興起後千年左右廢除了。之後就超保護人權的啦～」

「原來有人權的概念喔……」

古代文明果然很進步。

前往弗拉塔村的路上，也詢問關於古代文明的話題。

「週休三日制度完善，一天工作六小時。上學與就醫全都免費。」

「真想生活在那裡呢。」「大姊，我也覺得那裡很美好。」

是絕對不會過勞死的社會耶。

「對啊，很美好。調查團隊甚至為了尋找人類的夢想，也就是長生不老藥而前往外界區域喔。」

「哦，以前曾經考慮過如此浩大的議題啊。我都不清楚呢。」

可是說到這裡，小穆頓時垂頭喪氣。

「結果調查團隊帶回來可怕的瘟疫……導致王國國民死光光……」

原來古代文明是這樣毀滅的！

「但是有許多心懷遺憾的人化為惡靈留下來，才因此建立不死者的王國，結果還OK啦！」

這樣OK喔……？其實也還好吧……反正滅亡也是很久以前的事情，沒什麼好吞吞吐吐的。

可是才走了幾分鐘，就發生奇妙的變化。

小穆的神色顯得特別差。

不，其實原本就很差，但現在更加惡化。

「嗚……嗚哇……啊啊啊啊啊啊…………」

「喂，小穆，怎麼了!?妳怎麼喊得好像脖子被勒住的狗一樣!?」

羅莎莉也似乎立刻察覺到，吃了一驚。

但是羅莎莉碰不到小穆的身體，因此我伸手搭著小穆的背。

「欸，發生了什麼事？情況顯然有異吧……？」

「好、好……好……」

到底是怎麼了？好？她想說她好難受嗎？

「好……好累喔……累死人了……」

原因真是小家子氣！

「真的只有這樣而已嗎……？」

「對啊，人家不是在陵墓中待了非常久嗎？由於完全沒有活動身體，光是走路幾分鐘就達到極限了……」

體質到底有多虛弱啊。

「不行了……快死掉了……但人家只是惡靈鑽進身體裡，所以死不了……可是快要死掉了……好難受……」

怎麼好像自己對自己除靈啊。

這可不行。看來只能由我背她了。

我也不想再繼續聽她的慘叫聲……

「哎……原本以為能和同樣是惡靈的好朋友一起去玩……看來只能放棄了嗎……小穆雖然是惡靈，卻擁有身體，和我的情況不一樣呢。」

羅莎莉相當惋惜地嘆了口氣。

「抱歉啦，小穆。請大姊背妳走吧。」

「不、不用……人家會走……走吧……！」

小穆勉強做出立正的姿勢。

從她的表情可知相當逞強。

「這點小事情根本不算什麼！前往弗拉塔村吧！」

也對……羅莎莉都露出那麼寂寞的表情了，怎麼能夠退縮呢……

話雖如此，看小穆難過的模樣，好像也無法完全不伸出援手。

「話說啊，如果到了極限，可以跟我說一聲喔？我會負責背妳喔？」

「……哈、哈哈哈……說這什麼無聊話……人、人家很輕鬆的……凡事都難不倒惡靈！誰怕誰呀！」

我覺得她肯定在勉強自己……但是惡靈又不會過勞死，那就在一旁注視她吧……某種意義上，她是存在於這個世界超長時間的資深前輩，就讓她負起自己的責任吧……

小穆踏出一步。

「呶噢！」

接著又踏出一步。

「噗嘎！嘿呀！在嘴裡塞拷問器具，讓臼齒搖滾吧！」

真是沒品耶。

還有，她只能一步一步地走。

照這樣看來，抵達村子可能得花三天……

「呼噢！嗚哇！呼……呼……」

目前走了三步。

雖然頂多才三步——嗯，頂多才三步。

照這種速度來看，果然不行……而且她的腳和腰已經在發抖了……

「話說，戴黑帽子的，妳覺得人家做不到對不對……」

「要叫我的名字，我叫亞梓莎。」

就算是前輩，也得有個分寸。

「可是啊，羅莎莉依然說人家是她的朋友！為了朋友，一兩條命有什麼好可惜的！」

聽起來很美，可是再怎麼說也太過分了。生命怎麼能如此輕易拋棄呢。

可是她也為了朋友，正試圖卯足全力。

「人家啊，要和羅莎莉一大早繞著神殿跑步，或是從橋上跳進河裡，用匕首狩獵兔子，開開心心地玩耍！」

玩耍的內容相當狂野，但這可能是當過國王的副作用吧。

「小穆，妳為了我而這麼努力……太感謝了……我真是幸福啊！」

連羅莎莉都感動得落淚。原來連幽靈都會哭啊。雖然眼淚沒有實體，所以不會沾溼任何東西。

「我有這麼要好的姬友，隨時都死而無憾啦！」

妳們明明都是死人，卻還真喜歡死而無憾這種形容詞耶。

「知道了啦。妳們就努力到高興為止吧。同為惡靈，好好享受一番。」

「太感謝妳了，大姊！」

雖然羅莎莉不是妹妹，但我的心情就像在關照妹妹一樣。

「好，走吧！到村子的路是下坡。這點距離，只要跑十五分鐘就可以抵達……

哼！嘿呀！」

然後小穆跨出了第四步。果然很慢！

附帶一提，我和羅莎莉也幾乎停在原地。

這時候，史萊姆從草叢鑽出來。

會出現史萊姆是當然的。史萊姆的常見程度，就像在日本城市內見到麻雀或烏鴉一樣。

彈～～～～

史萊姆撞上了小穆。

畢竟沒有人會被史萊姆擊敗，這一點多半沒有問題——

但是被撞上的小穆卻往後失去平衡。

「哎呀呀……啊……足足退後了五步……回到原點了……」

嗚哇！即使只是五步，但是對目前的小穆也是重大的打擊！

情況好像踩到大富翁的「後退五格」一樣！

「喂，那隻史萊姆！你知道人家費盡多少心血才走這四步嗎！你的血是什麼顏色的！可惡！看看你做的好事！」

我頭一次見到有人對一隻史萊姆發這麼大脾氣……

總之，我狩獵了那隻史萊姆。目前的小穆應該連史萊姆都應付不了。

「呃……真是多災多難呢……」

「靠自己的腳走路果然很辛苦呢。可是，人家不會放棄的！噢啊！呼呼……人家還可以啦……只不過視線有點模糊，步履有些蹣跚而已……」

撐不下去了吧。

結果才走了幾步，小穆就跪倒在地，直接呈大字型仰躺在原野上。

「小穆，妳表現得很好！我很感動喔！這股熱烈的心情，真是撼動心靈呢！」

羅莎莉顯得特別起勁，而我個人沒感覺到值得興奮的戲劇化要素。

「今天就由我背妳吧。運動只要循序漸進地習慣就好。」

「不，人家可是國王呢。國王必須堅決才行。要靠自己的力量前進！」

她還真是固執呢……唯有這份毅力值得稱讚。

「所以──人家決定以這種方式前進。」

說到這裡，小穆做出翻身的動作──滾了一圈。

「就這樣翻滾到村子去吧！」

我原本以為她在開玩笑，結果小穆的翻滾速度逐漸提升。

因為這條路是下坡。

高原之家位於高地，村子則位於山腳。

就像放一顆球的話，會自己往下滾一樣。

「唔噢噢噢噢噢！翻滾吧，翻滾吧，翻滾吧，無敵風火輪！」

「妳這樣翻滾不要緊嗎？搏命也該有個限度吧！」

「好厲害！雖然妳是國王，但絲毫沒有高高在上的架子。小穆，妳才是真正的王！」

「哇！有堅硬的石頭！猛烈撞到了肚子！但是人家不會死，所以沒關係！只會讓身體傷痕累累而已！」

乍看之下，好像新型拷問手段……

即使方法明顯異常，總之小穆的確憑自己的力量接近了村子。

◇

然後，小穆真的抵達了村子。

雖然付出了巨大的努力，但她絕對弄錯了該努力的地方。

「怎麼樣，這才是人家的力量……再也動不了啦……」

小穆在村子入口再度呈現大字形躺在地上，身上還沾滿了草。

「妳肯定不服輸吧。」

「那當然。身為國王，凡事都不能輸給別人。即使是星座占卜，每天都非得得到金牛座運勢第一的結果才罷休。」

呃，如果比例不是每十二天一次的話很奇怪吧？還有，原來古代文明也有星座占卜啊……

「太厲害了，小穆。但是待在這裡的話，也沒辦法逛村子，請大姊幫妳一把吧。」

「既然妳這個朋友這麼說，那就沒辦法啦……」

此時羅莎莉的一句話終於讓情況順利落幕。

我將頭鑽進小穆的腋下，將她扛起來。

「這就是村子嗎？還真是悠閒的地方哪～」

「的確很悠閒啊。所以我才會住在這附近。」

會營業到很晚的店家，頂多只有酒吧兼餐廳『凜冽大鷲』。

但是這座村子並不會拒絕外人。

不如說，我們在村子內移動，便自然地聚集人潮。

「魔女大人，請問這一位是誰？」「她穿得有些裸露呢，難道不冷嗎？」「討厭，老公你別盯著看！」

可能由於古代文明位於溫暖地區，小穆的穿著的確露出不少肌膚。穿這樣在高原應該真的很冷，但是小穆不會感到寒冷，所以才不在意吧。

「人家叫做穆穆．穆穆。這身模樣是正式穿著。很了不起喔～」

雖然可以吐槽的地方一大堆，但可能由於我住在這裡，村民的適應性很高，一下子就接受了小穆。他們都受過良好的訓練。

另外，說明與介紹村子的工作交給羅莎莉負責。

惡靈就該與惡靈相處。我終究只是陪襯。

「由於翻滾的關係弄髒了身體，今天最好洗澡徹底清潔喔。」

「人家知道。其實髒汙可以用魔法去除，但是洗澡比較放鬆。」

不會吧，還有這種魔法喔。古代文明真是厲害……

「對了，像是戰鬥之類，小穆辦得到嗎？看妳已經傷痕累累了呢。」

在我身邊輕飄飄前進的羅莎莉詢問。

因為她看起來連走路都有問題，似乎非常虛弱。正因如此，才會詢問她吧。

「說這什麼話，人家可是沙沙．沙沙王國的國王，當然超強的啊。比方說這座村子裡的冒險家就算一擁而上，人家也能一秒打贏。哎呀，又頭昏眼花了……」

我雖然當作耳邊風，但是時機不湊巧。

正好從公會走出一隊冒險家。

可能是來自遠方的人們吧。五人組該有的職業都有了。

「妳明明傷痕累累，竟然這麼瞧不起人！小心妳的口氣！」「或許妳的人脈包括鼎鼎大名的高原魔女，但是會不會太得意忘形了？」

天啊……剛才有些說溜嘴了嗎？這支冒險家隊伍似乎也有些衝動，可是這種人聚在一起才會當冒險家，沒辦法。

小穆也不愧身為國王，架子特別大。

「你們幾個是怎樣，人家一秒就能打贏你們。一群無名小卒。閉嘴，去吃草吧。」

嗯，看來要鬧事了。絕對要鬧事。

「妳說什麼！那就來一較高下啊！」「如果妳輸了，我們可不會善罷干休！」

嗯，果不其然。雖然我參戰的話，的確有可能一秒結束戰鬥——

「好啊，沒問題。人家一個人對付你們。」

小穆似乎想靠自己收拾局面。

她真的，真的沒問題嗎？

我壓低聲音向小穆確認。

「欸，如果妳只是在逞強的話，要老實說喔？因為剛才看妳光是走路就累得要死呢……」

「不必擔心，肯定完全勝利。他們連讓人家沾到地面的沙子都做不到。附帶一提，人家現在很累，好想當場躺下去休息。」

到底行還是不行，真難區分。

「大姊，現在就相信小穆，交給她吧。」

羅莎莉表情認真地告訴我。

「既然朋友說會贏，就是會贏。如此心想才是好朋友。」

反正我也早就抱著不過分介入的打算。

「嗯，那妳就加油吧。」

我不再扛著小穆，讓她站在原地。

結果小穆立刻當場倒下。

「啊，可以讓人家靠著樹休息一下嗎？」

「拜託，妳看起來好像快要輸了耶!?真的不要緊嗎？」

冒險家可能也發現決鬥對象比想像中傷痕累累，陷入一片混亂。

「她真的能戰鬥嗎……？」「還是去看醫生比較好吧……」「再怎麼說，這樣都是在欺負弱小吧……」

我可以體會他們的心情。

「哈哈哈！你們怕了嗎！人家一秒就能打敗你們！」

——依然倒在地上的小穆表示。

至少先站起來再開口吧！這樣根本沒有說服力！

我依照小穆的指示，讓她靠著行道樹。

這樣與其說站著，其實只是靠著樹而已。她真的毫無體力可言，畢竟她蝸居在陵墓中可不只五年十年而已，期間與不死族朋德莉當自宅警衛的時候差得太遠了。

由於冒險家要戰鬥，因此由公會人員娜塔莉小姐擔任裁判。

「現在在工會的見證下，開始決鬥——雖然想這麼說，可是那一位小穆小姐，真的能戰鬥嗎？應該說會不會死翹翹啊？我不太希望鬧出人命……」

「至少絕對不會死掉（因為她是惡靈）。」

由於我沒當過惡靈，不太清楚運作體系。但似乎是小穆的靈魂進入人偶般的身體內加以操縱。因此即使肉體受損，小穆也不會死亡。

多半就算沒了腦袋，也會像喪屍一樣維持無頭的狀態活動吧。

那畫面太驚悚，拜託千萬不要……

「知道了……我相信高原魔女大人……那就麻煩開始吧。」

於是決鬥開始。

下一瞬間——

所有冒險家都往前栽倒在地上。

「咦!?發生了什麼事!?」

電光石火之際，這次冒險家們變成無敵風火輪在地上滾！

「嗚哇啊啊啊！」「眼睛花啦！」「什麼跟什麼啊！」

冒險家們發出慘叫聲，同時朝村外翻滾，不久後便不見蹤影。

「看，一秒鐘就結束啦。」

靠著行道樹的小穆一臉得意地表示。

「人家以古代魔法送他們前往遠方了。」

娜塔莉小姐一臉茫然。

連在場的其他觀眾也不太明白究竟發生了什麼。

「高原魔女大人的朋友，果然有許多奇人呢……」

拜託，我也很驚訝好嗎？

「這究竟是什麼魔法啊……？」

「以現今的科技沒辦法解釋。要簡略說明的話，就是以意念讓冒險家翻滾。如此一來，他們就會翻滾了。就這樣。」

還真是簡略的說明呢。

「只不過要以人類的模樣使用魔法，會有點辛苦呢。因為人家只有靈魂，才能純粹透過意念發動魔法。」

「一言以蔽之，這能力太作弊了……惡靈之王，果然可怕……」

「這是『超自然學』的知識，與『無窮的五芒星』、『第八感覺的第九認知』這兩方面組合的結果。」

專有名詞整體很中二病……

光憑這一點，便足以證明小穆的實力強到爆表。

朋友羅莎莉似乎也對她的實力感動。

「好厲害！強得好像詐騙一樣耶！已經無敵了吧！」

「那還用說，人家怎麼可能輸給現代人呢。」

羅莎莉在小穆的身邊來回飛舞。

「如果有欺負羅莎莉的神官，就儘管告訴人家吧。人家一秒就能揍飛他。」

我目睹惡靈之間的深厚情誼。雖然感覺我必須偶爾監視一下，否則會有危險，但羅莎莉應該會幫我勸阻她吧。

之後，小穆從靠著的樹木滑落。

「動不了……亞梓莎，扶人家起來……」

外表如此孱弱的金手指等級角色，應該不多見吧。

◇

小穆回到高原之家後，與我們家人度過了幾天。

目前似乎無法在山野四處奔跑，但在室內倒是沒問題。

雖然也陪伴法露法與夏露夏，但小穆主要還是與羅莎莉共處。

「亞梓莎大人，真是太好了呢。」

一起清洗碗盤時，萊卡告訴我。小穆與羅莎莉則在飯廳聊天。

「吾人從來沒見過羅莎莉小姐如此開心的表情。她的笑容毫無疑問，是小穆小姐引導出來的。這一切都是小穆小姐的功勞。」

「對呀。果然因為立場相似，兩人才能心意相通吧。」

惡靈就要靠惡靈出面。

「話說回來，萊卡妳好像也從某一時期開始，表情變得更豐富呢。」

「咦，是什麼時候呢？」

這時候芙拉托緹前來。

「喂，萊卡，有什麼東西讓我偷吃一點吧。」

「芙拉托緹，妳忍耐一下吧！這樣子太難看了！」

萊卡立刻斥責芙拉托緹。

「自從芙拉托緹來了之後啊。果然因為彼此都是龍族吧。」

我爽快地回答。

萊卡露出的表情是在芙拉托緹到來前完全無法想像的。比方說，燃起特別強烈的對抗心之類。

「不會吧！這才沒關係呢！只是因為芙拉托緹太沒常識，很多時候不得不抱怨而已！」

雖然萊卡似乎不承認。

「唔！妳在說我芙拉托緹的壞話吧？藍龍缺乏常識可是常識呢。有什麼辦法。」

「妳怎麼也態度丕變了啊！」

「刻意做出沒常識的舉動，這樣也很帥不是嗎！」

芙拉托緹抬頭挺胸。能在這種事情上自吹自擂，其實滿厲害的。

之後兩名龍族的爭論，以及兩名惡靈的談笑持續了一段時間。

今後偶爾也讓小穆來我們家吧。

高原之家隨時都歡迎客人光臨。

附錄 穿上微風洋裝

某一天，我前往南方的土地尋找配藥的植物。
我帶著哈爾卡拉，乘坐萊卡。不知為何連別西卜都跟來了。我和哈爾卡拉可不是去觀光，而是工作耶……
尋找植物也告一段落後，我們決定在鎮上休息。
「在南方，服裝也大異其趣呢。」
眼光盯著熱鬧的大馬路，我感觸良多地嘀咕。
整體而言，中世紀歐洲風格不明顯。穿類似短褲的人也不少。
至於男性，有時候甚至見到上半身赤裸的人。
「似乎是呢。我對南方土地也不太熟悉，所以十分新奇。」
哈爾卡拉也露出和我類似的視線到處看。
如此一來，不只是別西卜，我們所有人都是純粹的觀光客呢。
「吾人認為這片土地溫暖，氣候宜人。只是……這個……許多人沒穿衣服就有

She continued destroy slime for 300 years

點……」

清純女孩萊卡似乎很難為情，從剛才就一直低著頭。畢竟將近每五人就有一人上半身赤裸，光是走在街上就是挑戰。

「萊卡小姐，眾人只是穿著這一帶的常見服飾，沒什麼好奇怪的喔～啊，那個人好多肌肉喔，而那個人的手臂粗壯得像巨樹！」

「哈爾卡拉，拜託不要太過興奮……」

「哦，那男人的肌肉簡直像巨魔哪。那個人的粗壯胳膊也堪比矮人耶！」

「別西卜妳也稍微克制一點！」

拜託妳們維持適度的難為情吧。我看不要多久，她們就會提出觸摸肌肉的要求了。

「可是……平時在高原之家穿的服裝，在這裡感覺好熱呢……」

我感到汗水沿著臉頰滑落。

因為氣候的溼度很高，走幾步路就頓時出汗。

「那麼在這附近，買幾件當地居民穿的服裝如何？當地居民為了在這種氣候也能感到舒適，肯定下了一番功夫。」

「哦，別西卜，好主意耶。」

也對。為了下次來到南方土地，先買點東西吧。

這片土地上的女性明顯穿著薄紗，但那是因為材質很通風吧。

「這裡是大馬路，賣衣服的店家似乎也不少。亞梓莎大人，那間店似乎是賣女性成衣的店家。」

萊卡似乎敏銳地發現了服飾店，伸手一指。

「謝謝妳啦，萊卡。好啦，究竟有賣什麼樣的服裝呢。」

我朝那間店走過去。

然後發現店面朝向大馬路之處，放置著十分衝擊性的服裝。

「不會吧……這幾乎等於旗袍了耶……」

不僅特別強調身體曲線。

色彩鮮豔，每一件服裝都不一樣。

幾乎為了凸顯美腿而開高衩。

以上全都是旗袍的必備要素。

當然，真正的旗袍似乎並非市面上隨處可見的服裝。這麼說來，這款服裝算是「通俗的旗袍風款式」吧。

「穿這種服裝的話，大腿到腰間幾乎一覽無遺呢。在吾人的價值觀來看，實在太不檢點了……」

萊卡轉過頭不看販售這種服裝的店家。她的反應很像大小姐呢。

「大腿露出來又有什麼關係哪。」

「因為別西卜平時的服裝就十分裸露吧……」

與其說邪惡女幹部，至少我不想打扮成別西卜那樣走在街上。

「話說回來，如此貼身的衣服在這種地區不會感到熱嗎？啊，上頭附有說明。」

本服裝設計成穿著時
會啟動微弱的風魔法，
在夏季也能享有舒適的感覺。
名叫微風洋裝。

「好像很有趣呢！師傅大人，我想試穿看看！」

「小女子也試穿一件吧。」

哈爾卡拉與別西卜都十分感興趣。

然後由我與萊卡觀賞兩人試穿後的模樣。

「哦～好涼快呢～這還真是舒服。」

「嗯，買一件當便服或許也不錯。」

兩人都穿著微風洋裝，擺出姿勢。

別西卜似乎認為相當合身，甚至還打開一柄扇子。那原本就是別西卜使用的個人用品，但的確非常適合旗袍。

這件事情姑且不論──

「……對身材沒自信的人，果然沒辦法穿這種服裝呢。」

「吾人也不敢打扮成這樣走在街上……」

哈爾卡拉不在話下，結果連別西卜的胸口都特別顯眼。

如果我也換穿並站在一起，胸圍就一目了然。這太可怕了……

「妳們不買一件嗎？機會難得，小女子也幫妳們買一套吧。說不定哪天會改變心意，想穿穿看哪。」

「呃，別西卜，其實妳不用破費沒關係啦……」

不過，興趣倒是有的。

主要是以風魔法享受涼爽這一點。不知道穿起來感覺如何。

「那就接受妳的好意吧。」

於是我請她幫忙買一件微風洋裝。

◇

然後，回到高原之家的當天晚上。

我鎖上房門，決定試穿微風洋裝。

「不知道合不合身，首先得確認一下才行。不，比起合身與否，風怎麼起作用比較重要……」

我朝鏡子一確認——

「哦，感覺比想像中不錯呢。十七歲的外表萬歲。嗯，很好看，很好看喔！」

可是，問題卻在其他方面。

「好冷！」

我反射性以雙手摟住身體。

還打了好幾個噴嚏。

「太冷了！不如說比穿上洋裝前還要冷！風環繞在全身，導致體溫降低了！」

話說回來，涼風在愈涼快的地方吹拂，效果也會愈強呢。

高原之家的氣溫本來就不高，而且還是在溫度降低的夜晚穿著，身體被吹得比想像中還寒冷。

「不行！這件衣服不適合在高原穿！」

短短五分鐘我便宣告放棄，換回平時的服裝了。

另外到了隔天早上。

「啊，師傅大人，早……哈啾，哈啾，哈啾！早安……啾！」

哈爾卡拉露出渾身不舒服的表情。

「昨天嘗試穿著微風洋裝就寢……結果肚子似乎著涼，因此感冒了……」

「那是妳自作自受吧……」

人真的應該配合當地環境，穿著適當的衣服。

如今我實際體會到這像理所當然的常識。

© Benio

完

持續當小公務員一千五百年，
在魔王的力量下被迫擔任大臣
Morita Kisetsu
森田季節
illust. 紅緒

透過農務省籌辦旅行……不，是進修才對哪

She works as a public employee for 1500 years

沒有翅膀的官員逐漸滑落到建築物的角落。

「哇啊啊啊！」「小心飛行好不好！」「撞到腰啦！」

在悽慘的哀號聲中，化身利維坦型態的瓦妮雅順利地飛向目的地。雖然由於類似戰艦，速度並不快。

這一次乘客很多，總共多達六十五人。

另外六十五是十三的倍數，所以對魔族而言十分吉利。

「好像還是應該搭乘法托菈才對哪……」

小女子拍動自己的翅膀，飄浮在建築物內。

不過飛久了也頗累的，等一下打算抓著吊環之類來支撐。

一旁的法托菈坐在附有「安全帶」這種拘束器具的椅子上。這似乎是配合晃動幅度較大的瓦妮雅而新安裝的系統。像這樣將身體固定在椅子上，確實比較安全。

「討厭的事情要先做——這是官僚的鐵則。去程雖然驚濤駭浪，但回程在我安全飛行之下會比較好。尤其許多人會在回程掉以輕心呢。」

「唔……可是在抵達目的地之前，萬一有人受傷，可就白費了難得的省員工大旅行哪……」

「本次的參加者應該沒有弱到會因為這點小事而受傷，所以沒有問題。」

坐在椅子上的法托菈同時正看著書。感覺這樣會頭暈，真的沒問題嗎？

「而且這終究是附隨出差的進修，並不是員工旅遊。由於是業務，希望上司在這一點千萬別弄錯。」

由於小女子不小心說出出差的真正目的，法托菈才會說出表面話。

「噢，對……妳說得沒錯。好，在溫泉好好進修一番吧！學習農業相關知識！」

此時響起『叮咚噹咚』的聲音。

這是瓦妮雅要說話時的信號，另外連『叮咚噹咚』都是她本人喊出來的。好像類似咒語，代表準備要通知或提醒他人的意思。

『不好意思晃動劇烈。今天的空氣有點塵埃瀰漫喔～我也感到鼻子癢呢。所以像是打噴嚏的時候，有可能會晃得更嚴重，敬請各位注意～如果站在甲板上，有摔下去的危險，因此不會飛的人千萬別外出喔～』

響起瓦妮雅悠哉的廣播，跟團的員工頓時呼天喊地。

「這麼危險的話幹麼還載人啊！」「早知道會這樣，抓著酩酊大醉的洛克鳥還比較安全咧！」

這些批評很有道理，可是沒辦法。

旅費必須盡可能節省。如果經費太高，被指責只是單純員工旅行的風險也會提高……

「總是會有辦法的吧……就算受了傷也是在進修期中，應該領得到職災補償……」

◇

事情的起因，是瓦妮雅在工作時間脫口說出的一句話。

「好想去泡溫泉呢。」

「想泡的話，城下町不是有『煉獄湯』嗎？晚上也開到很晚，泡完再回去就好了。」

『煉獄湯』是不錯的公共澡堂。只不過水質屬於魔泉，如果在浴池內睡著或是泡太久，有身體融化的危險。

「不是啦，不是那種小巧的公共澡堂，而是真正的溫泉。當然還要過夜的那種。」

「唔。」

小女子隨口回答了一聲，眼睛盯著文件。

「上司，您沒在認真聽呢。」

瓦妮雅發出有些失望的聲音。由於視線落在文件上，小女子並未確認她的表情。

「妳才該認真工作吧。現在可是上班時間喔。」

坐在小女子右側的法托菈發出正義之聲。另外瓦妮雅坐在另一側，兩個祕書呈現左右護法的架式。這似乎是過去與人類戰鬥的頭目設置所留下的影響。

「話說回來，上司沒什麼嗜好呢。像是假日出門玩之類，完全沒聽上司提過。」

瓦妮雅又說出很沒禮貌的話，但這的確是事實，因此很難嚴詞反駁。

「小女子假日在宅邸內無所事事。除此之外還有什麼可做？」

「拜託，當然有啦！像是下廚啦，觀光啦，能做的事情可多著呢！」

「欸～好歹假日讓小女子放鬆嘛。假日假日，不是放假的日子嗎？」

小女子從以前當小公務員就沒有嗜好。

真要說的話，喝了酒無所事事就是小女子的興趣。

以前沒什麼夢想或目標，過著渾渾噩噩的日子。

但自從被迫當上農業大臣後，一下子就過了一百多年。

沒錯，一百多年。小女子甚至覺得，痛扁趾高氣昂的艾納溫族才過了兩星期左右，但以人類而言，已經過了足足四輩子的時間。

以前聽說一直從事同樣的工作，時間的流逝也會變快，看來是真的。習慣農業大臣這份工作後，結果自從過了一開始的十年，就感覺時間的流速一下子變快。
或許從事一些不一樣的活動比較好。
「知道了。那就去泡溫泉吧。」
迅速在文件簽名同意，同時小女子開口。
然後轉頭望向瓦妮雅。
「行程由妳負責擬定。既然妳說想去泡溫泉，總該知道優質的地點吧？」
「咦，真的嗎？真的可以嗎？」
瓦妮雅聽了喜上眉梢。
看她反應這麼熱絡，小女子身為上司也很高興。
「真的願意全額補助嗎？上司真是大肚量！」
「喂！小女子什麼時候說過要請客啦！」
這可不是請喝酒這種層次的問題，到底想讓小女子掏多少腰包啊。
「什麼嘛~還以為看在祕書當了這麼多年的份上，給點福利有什麼關係嘛……」
「要小女子鉅細靡遺、一一列舉幫妳闖下的禍擦屁股的案例嗎？」
瓦妮雅會定期出包。這是個性問題，多半無藥可治。事實上，過了一百多年還是老樣子。
另外在這段期間內，法托菈一直默默地工作。如果再閒聊三分鐘左右，她有突然發飆的危險，所以要閒聊得考慮分寸。

「啊～好想花上司的錢去泡溫泉喔～這也是員工福利的一環耶～」

小女子原本以為她實在太厚臉皮——

不過員工福利這四個字卻留在腦海中。

「話說回來，農務省沒有舉辦過員工旅行哪。」

「由於職員人數眾多，應該很難舉辦吧。」

法托菈果然似乎從頭聽到尾。迅速切入話題。

「是嗎，是嗎？既然沒有先例，那自己開創不就得了。」

小女子站起身，從房間的書架上取出一本書。上頭刊登著農業相關的新聞剪報。

「大約半年前，好像發現了不錯的地點。」

快速翻過書頁後，沒多久這種標題映入眼簾。

利用溫泉種豆芽菜，成長迅速！
短時間就能出貨，種類也多樣化。

小女子噗哧一笑。

這個不錯喔。

「瓦妮雅，法托菈，去進修吧。」

一聽到進修這個詞，瓦妮雅就露出厭惡的表情，於是小女子又補充了一句。

「目的地是溫泉哪。」

◇

之後的進展十分迅速。

始終堅持進修的名義，確實打通各環節，實現六十五人的旅行……不對，進修。

目的地是有溫泉的火山，雖然是人類的領土，不過位於山區，實質上只有龍族棲息。龍族不會為了區區魔族就嚇得驚慌失措，所以不至於引發麻煩。

如果距離不夠遠，就沒有旅行的感覺。而且可以當日來回的話，也無法報銷住宿費。

附帶一提，交通費藉由搭乘利維坦而沒花一毛錢。如果要以稅金支付所有人的旅費，實在說不過去。住宿費則由於多達六十五人，讓旅館方壓低支出。

如此一來，旅行……不對，進修便順利成行了！

瓦妮雅的飛行技術糟得可以，但依然準時抵達洛可火山的山腳。

小女子向法托菈表示「她在這方面倒是十分盡責哪」，得到的回答是「應該只是因為妹妹老早就想出門玩了」。

「這一趟終究是進修哪。」

「對呀，終究是進修呢。我也明白。所以好好享受一番吧。」

法托菈的真心話與表面功夫，運用得真是爐火純青啊。

洛可火山是紅龍這種會從嘴吐火的種族居住之處。

龍族也有各種脾氣，紅龍族認真而善良，但也據說他們自尊心較高。反正紅龍族之中也有低聲下氣者。

抵達後見到站著一名頭上長角的男性。龍族變成人類外表的時候，頭頂上會長角，很容易分辨。至少普通人類絕對沒有角。

「恭迎各位魔族貴賓大駕光臨。」

「嗯，小女子是農業大臣別西卜。能不能馬上帶咱們去泡……去參觀號稱利用溫泉的蔬菜栽培中心哪。」

由於此處有火山，因此也有溫泉湧出。

「好的，在這邊。為各位帶路。」

小女子走在前頭，參加者們紛紛魚貫而行。由於人數眾多，龍族之中也有人投以不可思議的目光。

「這次收到利維坦的瓦妮雅小姐提出的熱心要求，我們也盡可能努力，以便讓各位享受一番。」

「嗯，瓦妮雅對於這種事情，總是特別有幹勁哪。」

偷瞄了她一眼，只見瓦妮雅正好露出『太好了』的表情，甚至還豎起右手大拇指。

「真羨慕您有優秀的部下呢。」

雖然這是恭維話，但能聽到別人誇獎部下總是好事。

「她的潛力很強，不過只有在這種時候才能發揮力量哪……」

如果平常工作也能發揮這種幹勁就好了……

聊著聊著，眾人抵達了目的地。

首先是以溫泉栽培豆芽菜的設施。

「豆芽菜長得最好呢，採收率也很不錯。」

「唔，不知是否心理作用，豆芽菜看起來也十分爽脆哪。」

既像是農務省的工作，卻又有點像校外觀摩，不錯哦。

這時候瓦妮雅拍了拍小女子的肩膀。

「上司，今天請農家準備了試吃用的豆芽菜。這方面我也交涉過了喔！」

「妳還真的幹勁十足哪……」

淋上沙拉醬的豆芽菜小碟也遞到小女子的手上。

「嗯，真是美味——」

「好好吃喔——————！」

瓦妮雅在一旁大喊。

「怎麼了，怎麼了！真是吵哪！」

「與之前吃過的豆芽菜完全不一樣呢！不僅有彈性，又沒有草味，還有隱約的甜味。我第一次嘗到這麼有自我主張的豆芽菜呢！」

「妳對豆芽菜也未免太興奮了吧！」

「因為我就是這麼感動呀！看，種植者也非常開心呢！」

龍族農夫們的確也露出『種豆芽菜真的太好了』的表情。

接下來前往利用溫泉水栽培紅蘿蔔的農田。

而且又端出試吃用的烤紅蘿蔔。這裡的方式似乎可以自由試吃。

「嗯，的確有味道——」

「好好吃喔———！怎麼會這麼甘甜呢！簡直就像水果一樣！鬆鬆軟軟熱呼呼，和自己所知的紅蘿蔔完全不一樣呢！這真是好吃！我對紅蘿蔔的價值觀改變了喔！」

法托菈迅速站在小女子的身旁。

「不好意思，妹妹就是這樣，對事情特別起勁……雖然反應誇張到反而讓人懷疑，但她本人並非刻意誇大。今天她可能從頭到尾都會這麼興奮，請上司忍耐一下……」

「知道了……既然這樣也只能死心哪。」

之後瓦妮雅依然維持這種亢奮情緒，試吃許多東西。

●大蒜

「好好吃喔──────！完全等於塊狀的精力呢。吃一顆就彷彿能奮戰一星期。一百分！可以飛到地平線的盡頭喔！」

●洋蔥

「好好吃喔──────！好甜！真的好甜！洋蔥不是應該有辛辣味嗎，但是這種洋蔥完全沒有喔。感覺就像濃縮來自溫泉與土壤的養分精華呢！簡直就像水果一樣！」

「喂！洋蔥的食用感想與紅蘿蔔重複了！妳是不是覺得只要說像水果一樣甜就好啊！」

本來不想開口，但最後還是忍不住。

「而且開頭就大聲喊『好好吃喔————！』想靠氣勢蒙混過關！這有點賊哪！」

「有、有什麼關係嘛……好吃是事實啊，我只是在傳達這一點而已……」

「真搞不懂妳有縫就鑽這一點特別醒目，還是惹人生厭哪……」

結果瓦妮雅豎起右手拇指。

「妳那手勢是怎麼回事，新的搞笑梗嗎？」

「接下來會端出酒，以及適合下酒的菜色，可以大白天就來一杯喔！」

這句話連小女子聽了都動心。

「唔……是嗎，大白天就喝酒啊……反正是進修，其實沒關係吧……」

然後農家端出來的，是加了大量洋蔥的大蒜炒豬肉，以及冰涼沁脾的酒。

看得小女子嘴裡直冒口水。

「這肯定很適合下酒哪。就是為了配酒而製作的料理吧。」

「呵呵呵，上司，身體真是正直呢。」

「別胡說。知道嗎，這終究只是進修，可不是在玩。」

說著，咱們嘗了一口料理，然後喝酒嚥下肚。

「呼哈～！好好吃喔——！」

小女子和瓦妮雅異口同聲。

然後順勢酒杯相碰，乾杯後一飲而盡。

「妳啊，做得好哪！合格啦！」

「那麼加薪就拜託上司了！」

「這是兩碼子事。」

「怎麼這件事就冷靜了啊！」

見到小女子與瓦妮雅的模樣，法托菈露出略為錯愕的表情。不過料理卻沒少吃，也喝了酒而臉頰發紅。

其實她還是挺享受的吧。畢竟和她認識這麼久，看得出來。

「好，既然進修結束，該回旅館去了哪。」

這時候，剛才帶領咱們的龍族男性，態度有些客氣地接近。

「不好意思，別西卜小姐。我女兒表示，想和別西卜小姐您切磋一番……」

據說龍族普遍生性好戰。至於紅龍，與其說好戰，或許該說風氣尚武才對。

「別西卜小姐在魔族中也具備頂級的實力，女兒十分感興趣……」

自從成為農業大臣後，小女子的確拚命修練，在魔族之中也是佼佼者。如今在魔族內，應該沒有人敢瞧不起小女子缺乏力量。

「可以，但就算受傷也是自己的問題喔！」

小女子點頭同意後，長角的小女孩隨即出現。

「吾人名叫萊卡。正在朝紅龍族最強，不，將來成為龍族最強的目標不斷努力。請和吾人比劃一番吧！」

眼神十分耿直。

迫切渴望自己變強。有點像過去的小女子。

小女子扠起手點點頭。

「帶小女子前往可以隨意吐火的寬廣場所。妳必須變成龍的模樣才能發揮真正的力量吧。」

想不到連去旅遊都得戰鬥。

咱們生活的世界中，即使在承平年代都依然留有殘酷的一面。

來到一片特別寬敞的地方後，名叫萊卡的女孩跟著變成龍。

「唔，看起來頗厲害的嘛，也十分努力哪。」

「吾人要上了！」

「儘管來吧！」

於是，萊卡與小女子進行了一場頗為激烈的戰鬥。

而結果是——

小女子壓倒性勝利。

理所當然。小女子可沒有弱到會輸給區區的龍族。

打了五分鐘後，萊卡便恢復人類的模樣，直接倒臥在地上。看她上氣不接下氣，應該形同棄權了吧。

「還不行哪。就像揮舞生鏽的武器攻擊一樣。」

「請問究竟是哪裡不行呢？」

她露出清澈的眼神詢問。

她想變強的念頭似乎毫無疑問。比起後悔，可以清楚感受到想變強的意志。

「現在的妳太過努力了。」

「努力難道不是好事嗎……？」

丫頭似乎不明白小女子這番話的意思。

「努力是好事。可是啊，妳卻絲毫沒有從容。這導致妳只看得見眼前的事物，才會全身破綻百出。一如切斷緇緊的絲線般容易。」

小女子想起往事，差點笑出聲來。

以前不知道接受過兩名利維坦祕書官多少鍛鍊哪。

之前還曾經在王城的內護城河慢跑。不做些什麼就無法靜下心來。

「不過妳很快就會突破窠臼吧。去除妳的鏽蝕。只要好好研磨，即使同一件武器都有天壤之別的威力。人生很長，如果持續拚命鍛鍊，總有一天會開竅。如果還是不明白的話，這個哪……」

小女子望向站在不遠處的兩名祕書官。

「去找與自己完全不同類型的人物拜師，或許也是個好方法。」

名叫萊卡的丫頭站起身後，禮貌地道謝表示「非常感謝您」。

「有機會再見面的話，就多多指教囉。雖然時間如此短暫，可能早就忘了也說不定。」

◇

流點汗後，咱們便前往洛可火山的溫泉旅館。

小女子與兩名祕書官睡三人房。畢竟身為農業大臣，住宿的房間比其他人更高級，同房人數也較少。

距離晚餐還有一點時間，因此決定在房間內設的露天溫泉泡個澡。

「啊～～～～～～～～好舒服的水喔～～～～～～～～」

「瓦妮雅，語尾拉得太長了。」

「有什麼關係嘛～～～～～～」

「深入體內呢。」

法托菈目前的表情也十分緩和。難道是溫泉的功效嗎。

「偶爾像這樣休息一番也不錯哪。」

「終究還是進修喔。」

「法托菈真頑固哪。」

小女子搓了搓法托菈的頭髮。

「真是的！不要連別西卜大人都惡作劇好嘛。」

「反正頭髮會乾，有何不可。但是剛當上農業大臣的時候還戰戰兢兢，不敢這麼做。」

名不見經傳的魔族哪有這麼不要命，敢對利維坦惡作劇。

小女子也認為，自己終於有農業大臣該有的立場。

也不再辜負別西卜這個名字了。

「我十分慶幸別西卜大人能成為農業大臣呢。」

法托菈喃喃自語。

「魔族的世界自從上屆魔王大人停止與人類爭戰後，也開始產生變化。為了配合時代，很多地方需要改變。因此需要像別西卜大人這樣的人才。關於這一點，覺得這一屆魔王大人特別慧眼識英雄呢。」

該說坦誠相見嗎，泡溫泉似乎果然會讓人說出平時難以開口的話。

只不過時機有一點太早了。

「還不需要妳的道謝。再給小女子一段時間。」

「是的，請當我在自言自語吧。」

「附帶一提……目前小女子身為農業大臣的分數是多少？」

略為思考一番後，法托菈開口。

「九十三分吧。」

比之前的七十五分提高了不少。

「怎麼這數字不上不下哪。」

「扣兩分是因為您剛才亂弄我的頭髮。」

「早知道在亂弄之前先問一下！」

「至於剩下的五分，是因為別西卜大人可能進一步進化，因此先保留。」

總之，就當成身為農業大臣已經合格了吧。

還是因為溫泉的關係，給分的基準變寬鬆了？

◇

晚餐在旅館的大廳，眾人齊聚一堂享用。

餐桌上也擺放了像是今天試吃過的蔬菜。但可能由於是龍族經營的旅館，肉類菜色較多。

不少參加者已經露出想大快朵頤的表情，但還是得讓他們忍耐一下。

小女子端著酒杯，緩緩走到大廳前方。

接下來要負責乾杯致詞。

吵鬧聲自然而然平息，會場安靜下來。

這也是小女子贏得眾人信賴的證據吧。

「各位，今天玩得開心嗎？偶爾像今天這樣放鬆，也不會受罰吧。」

即使感到有些難為情，但特別是這個時候，必須說出口才行。

「真的，這段長時間，很感謝各位。」

宛如面對親密對象般，小女子低頭致意。

「以前小女子沒有什麼認真的夢想或希望，天天只知道渾渾噩噩過日子。起先被迫當上農業大臣也一頭霧水，完全搞不清楚情況，還曾經詛咒魔王大人淨找麻煩。噢，可不是真的施放詛咒魔法哪？」

這裡本應該是笑點，卻沒有任何人笑。
看來眾人聆聽的認真程度出乎意料。
「當然，知道這樣下去不行的小女子也付出過努力，也不打算否定這些付出。不過，如果沒有各位的支持，多半會一事無成。這些都多虧各位的合作……」
說著，眼睛逐漸泛起淚光。
沒辦法。現在就算讓眾人見到小女子落淚，也不會有人嘲笑吧。
「謝謝各位……也希望今後各位繼續支持小女子。今後小女子應該不會再像以前一樣造成麻煩了。既然要當，就要期許自己成為……歷屆最棒的農業大臣……」
「別西卜卿，萬歲！」
突然有人放聲喊叫。
瓦妮雅站起身，一邊哭一邊喊。
「別西卜卿，萬歲！別西卜卿，萬歲！唯有現在不用喊什麼上司或農業大臣！身為貴族就稱呼別西卜卿吧！別西卜卿萬歲！」
別西卜卿萬歲。
呼聲不久後散布整間大廳，而且持續了好一會。

安排進修真的太好了。
小女子與農務省的同仁們，現在以強大的情誼相連在一起！
「各位真是太棒啦！農務省長長久久！」

◇

——大約四個小時後。
「你們幾個鬧夠了沒哪！」
小女子在房間內，以及走廊上大吼著奔跑。
從腦袋與背後高速飛過來的枕頭砸中小女子。
小女子回頭一瞧，只見部長級的官員露出「糟糕」的表情。
「你們幾個，這種小孩子把戲還要玩到什麼時候！什麼叫打枕頭仗啊！」
起因是雞毛蒜皮的小事。
在某間房間內，似乎半開玩笑地打起枕頭仗。
該房間的成員拿著枕頭，向有幾名在旅途中混熟的同仁所在房間發動「襲擊」。
對方房間的成員也開玩笑地「報復」。
然後又發生針對報復的「報復」。

持續下去，枕頭仗的規模也逐漸升溫——

幾乎所有房間都加入東軍或西軍其中一方，上演史無前例的情況……

如果這是小孩子的遊戲，倒還不算什麼。問題是在場的多半是高等魔族。光是枕頭的威力也相當可觀，甚至已經傳出房間有部分毀損。

所謂戰爭，或許就是這樣爆發的吧。

明明沒有人想打，卻不知不覺中真的動手。

不，現在可不是感慨良多的時候。

這場枕頭仗可是現在進行式……

「你們幾個，如果再繼續讓小女子丟臉，知道會有什麼後果吧？小女子絕對、絕對，不會饒過你們！再去洗一次澡，趕快去睡覺！」

就在小女子發布停戰命令，同時前進的時候——

在樓梯中層平臺發現正在觀察動靜的瓦妮雅。

「呵呵呵，敵人似乎都沒發現我躲在這裡喔。」

「可是小女子已經發現了哪。」

「哇！上司！」

祕書竟然跟著攪和，不如說小女子才想驚呼「哇！」呢。

「小女子真的要扣妳的薪水喔……？皮繃緊一點吧。趕快收手回房間去……還有，該不會砸壞牆壁的就是妳吧？」
應該說，她為何在頭上綁著寫了「必勝」兩個字的頭帶（？）。這是在哪裡買的？
「上司，身為魔族，有時候必須挺身而戰。而這一刻就是現在。」
瓦妮雅一臉認真，讓人懷疑她居然會表情如此認真地說出這種話。
「知道了。小女子不會訴諸實力阻止妳。」
「感謝上司！真不愧是最棒的農業大臣！別西卜卿萬歲！」
「——可是妳姊姊會怎麼做，小女子就管不著了。」
法托菈從背後卯足全力，敲了一下瓦妮雅的腦袋。
「嗚哇！什麼時候跑到我身後的!?」
「別再做蠢事了，趕快回去。如果不聽話，就把妳的腳綁住後從樓梯踹下去。」
「好、好啦……」
之後大約花了一個小時停戰，小女子身為農業大臣，不停向旅館老闆低頭致歉。一部分牆壁真的砸壞了。
還是該辭官算了嗎……
不過藉由這次進修，小女子培養出一項興趣。

目前只要一有假日，小女子就會頻繁到各地旅行。
悄悄造訪人類土地的次數也增加了。
自從晉升至目前的地位過了一百多年，或許小女子也終於可以從容地發現外界的未知事物。

假日與魔王約會哪

She works as a public employee for 1500 years

某一天假日。

小女子與人手牽著手，走在人類的城鎮中。

市場尤其有趣，販售的商品與魔族的土地上完全不一樣。興趣不一樣也是原因，不過氣候有根本上的差別，因此棲息的動物與生長的蔬菜也不同。

但是比起這些事情，小女子更在意牽手的對象。

「不好意思，魔王大人。」

小女子壓低聲音悄悄開口。

魔王這兩個字可不能隨便讓別人聽到。最近來到人類土地上的魔族增加，因此不像小女子剛當上農業大臣時那麼人心惶惶。可是魔王對人類的衝擊性還是太強了。不過就算聽到是魔王，也不會有人類相信吧。

「嗯，什麼事呢，別西卜小姐？」

「這個，可以鬆開手了嗎？」

「欸～怎麼可以呢。要是我在人潮中迷路的話，可就不得了囉？」

戴著風帽以免頭上的角曝光的魔王大人表示。

小女子也戴上風帽，施加最基本的易容。由於角的長度緣故，風帽頂得特別高，沒什麼遮擋的功用，類似戴心安的。

「話雖如此，但今天是假日，嚴格來說應該不包含保護魔王大人的工作。如果怕迷路的話，一開始就該待在城堡才對。」

不過當然不能丟下魔王大人不理，因此這番話只是說說。

「討厭！別說這種話嘛。」

魔王大人拉著小女子的手，硬帶往不同的方向。

「好啦好啦，那邊有一間不錯的咖啡廳，就進去坐坐吧。要好好護送我喔。」

「小女子還有想參觀的東西哪。」

「這時候應該以女孩子的意見為優先。」

「小女子在生物學上也是女性哪。」

結果魔王大人拉扯得更用力，於是小女子也不再抗拒，從川流人群中脫離。

「哎～別西卜小姐一點也不懂得如何對待我呢。十分頂多只能給三分喔。」

一邊喝茶，魔王大人同時批判了小女子一番。

「反過來說，小女子已經深受信賴，可以率直地提供意見哪。備感榮幸。」
「真是的，唯有這張嘴特別厲害。真的愈來愈像大臣了呢。」
雖然魔王大人頗有怨言地盯著小女子，不過這是老樣子，小女子也不在意。
要是一直太客氣，內心會愈來愈疲勞。
「當了兩百多年大臣，可不是一件好事呢。愈來愈會打官腔了。剛就任沒多久的別西卜小姐還比較有趣呢。」
「是啊，畢竟與魔王大人的在任期間一樣。魔王大人也以精明能幹而受人稱讚哪。」
妳一言我一語的同時，咱們二人喝著茶。
人類土地上的茶喝起來味道較淡。個人雖然偏好濃郁香料的味道，不過接受當地的味道是經常旅行者的鐵則。
「根據我的計畫，當了這麼久的農業大臣，別西卜小姐將會成為完美無缺的姊姊大人。想不到教育失敗了呢。」
小女子佯裝不知，將茶杯端至嘴邊。
這番話已經重複過好幾十次了。不，可能有好幾百次。
「小女子實在難以負起指導魔王大人的任務。畢竟魔王大人的目的在於折騰姊姊這個角色。」

「拜託～就說不是這樣了。不是被折騰感到麻煩才想保持距離啦！而是姊姊手忙腳亂地照顧妹妹，同時該嚴格的地方嚴格，妹妹也對這樣的姊姊感到心動。我要的是這種精神層面上的模擬姊妹關係嘛！」

「小女子說過很多次，完全不明白魔王大人在說什麼。蒙受魔王大人慧眼提拔，小女子非常感激。而且魔王大人多了一名心腹，不是雙贏的關係嗎？」

「別西卜小姐真的連浪漫的浪字都不會寫呢。」

「是的。像小女子這樣假日獨自飲酒，無所事事的人，肯定是最不浪漫的類型吧。」

相較於以前當小公務員時期，成為農業大臣後的生活大為充實。

小女子確立身為農業大臣的權力，魔王大人也一樣。

魔族世界目前堪稱最發達的時期，比人類的國家先進太多了。

除此之外，若能免於被魔王折騰就太好了……

「像別西卜小姐這樣，提拔非正式資格的人當作心腹的案例雖然成功，但別西卜小姐卻出現了獨特的進化路線。真是不如己意呢。」

「要說不如己意，小女子也一樣哪，難得的假日還得被迫陪伴魔王大人。旅行是小女子的興趣之一，希望能讓小女子多多品嘗。」

「不能再容忍下去了。」

魔王大人猛然站起身。

然後喝光剩餘的茶後，緩緩將茶杯放在桌子上。

「今天妳可得徹底護送我才行！首先妳得陪我買東西！」

明知道失禮的小女子以手撐著頭。

「買什麼東西哪，魔王大人。不是根本沒有想要的東西嗎？」

「就算沒有想要的東西，購物本身也有意義。別西卜小姐太缺乏這種女孩子的微妙特點了。」

「就說了，如果魔王大人要求配合這種興趣的姊姊角色，請另尋高明吧。應該說——」

小女子筆直凝視魔王大人的臉龐。

「如果小女子的個性對魔王大人百依百順，魔王大人肯定會非常厭惡吧？」

「沒錯。」

魔王大人笑咪咪地回答。

「就是要懂得違抗我，否則就沒有意義了。只知道迎合我的人，我早就看煩了！」

但是魔王大人依然會想折騰違抗自己的人。

有夠複雜……實在是有夠複雜……

小女子不情不願地起身。

「那麼就到其他鎮上逛逛吧。」

「也對。畢竟這裡的人潮實在太多。」

魔王大人悠哉地走出店家。付帳的人當然是小女子。

◇

之後，咱們進入一座不知名的森林。

這種路線設計實在很有問題，但魔王大人說有漂亮的花朵盛開，才會筆直走過去。

走累之際，正好有座類似山中小屋之處，因此決定在此處休息。

居住在這裡的人，是稱為幼童也不為過的雙胞胎女孩。

姊姊特別有精神，妹妹則一直在看書。

兩人個性差異這麼大，究竟能不能好好相處呢。

「妳們兩個，難道沒有父母嗎？憑妳們兩人很辛苦吧。」

「唔~要說有媽媽的話倒是有啦……」

較活潑的女孩也一副難以啟齒的態度。

難道小女子問了不該問的事情嗎？

「要打倒母親……她是我們的敵人……」
剛才一直在看書的女孩回答。
家庭環境似乎遠比小女子設想的更加複雜……
「對了，兩位大姊姊為何在森林中漫步呢？」
這個問題很好。只有獵人才會來到這種地方。
「我們在約會喔，約會。」
即使魔王大人半開玩笑，但小女子並未突然改變表情。
「這一位雖然高高在上，卻一直纏著小女子不放。因此明明放假，還是塞給小女子重大的工作。」
女孩並未繼續追問下去。
畢竟又不能鉅細靡遺地向小孩解釋，這樣正好。
「只是剛才覺得，想特地走到人煙罕至的地方。」
「這樣的話。」
一直在看書的女孩突然開口。
「往前方一直走，有一座高原。據說那是相當不錯的地方。只不過邪惡分子在暗地裡控制該處。」
邪惡分子控制該地，是嗎？面對魔王大人，她說的這番話真有趣哪。

不過，魔王大人似乎十分中意這一點。

「謝謝妳們。那麼就去那座高原看看吧。」

咱們向兩名女孩道謝後，離開小屋。

「話說，該處似乎頗有距離，究竟該怎麼前往才好呢？」

「別西卜小姐，拉著我飛過去吧。應該做得到吧？」

「……會很累，但並非不可能。」

小女子心想多半會腰痛的同時，拎起魔王大人飛向該處。

◇

零星分布在高原上的城鎮與村莊，空氣比范澤爾德城更加新鮮。而且可能是乾燥氣候的影響，肌膚不會感到溼溼黏黏。街道也十分整齊。

結果魔王大人完全沒有買東西，而是開心地在馬路上散步。

由於小女子的步伐較快，使得手牽手變成拉著魔王大人到處逛，但她似乎並未抱怨。難道這樣可以嗎？小女子完全不懂魔王大人在這方面的規矩。

只不過，魔王大人依舊不滿。

「這一帶的娛樂活動實在太少了。」

魔王大人坐在低矮的圍牆上，歪著頭表示。

尤其是這座村子，人口既少，店鋪數量也只有必須的最低底限。

連吟遊詩人都不願意來到這種地方吧，更別說有什麼邪惡分子了。頂多只有吃飽撐著的冒險家會來。

「人口一少就會變成這樣吧。在這方面，范澤爾德城的城下町人口密集，所以有各式各樣的店鋪。」

「唔～到頭來還是家鄉是最好的，這種結局真讓人寂寞呢。」

這時候，村民開始在面前聚集。

有哪位名人來了嗎？

在人群圓圈中心的，是戴著黑色尖帽子的年輕女性。

但是以年輕女性而言卻特別有威嚴。該說德高望重嗎？

「噢，她和我們是同一類型的人呢。」

魔王大人表示。

村民稱呼年輕女性為「高原魔女大人」。

「原來如此。意思是長壽的魔女掌管這一代嗎？要說邪惡分子，多半指她這種人吧。」

一部分魔女獲得長生不老的法術，壽命相當長。

這名魔女可能也是同道中人。
有些魔女形跡可疑，要說邪惡倒也不無根據。
如此便可得知，看起來比該魔女年紀大得多的村民為何會仰慕她。
魔女一直向村民兜售藥物。這是典型的魔女作派。
高原由於缺乏深邃的森林，看似不利於專門調配藥物，但那名魔女多半有她的考量。
不久之後，與魔女談話的村民們也紛紛離去。
由於人數減少，魔女主動看向咱們。
小村子出現兩名陌生人，如果不是經歷豐富的冒險家，也難怪引人注目。
「兩位是旅客嗎？這附近雖然沒什麼值得觀賞，不過短暫逗留並不壞，請儘管放鬆吧。」
「沒錯，差不多。身為長命種族，壽命是普通人類的好幾倍哪。」
其實不只好幾倍，但這麼回答準沒錯。
「原來是這樣。我也活了兩百五十年多一點吧。雖然還賣藥，不過多半靠狩獵史萊姆的錢生活。」
「靠狩獵史萊姆的錢啊，真是懶散的生活哪……」
從來沒聽過這麼悠哉的魔女。

「因為以前發生過許多事。工作過度丟了性命，凡事才會盡可能依照自己的步調來。不過像兩位一樣周遊各地或許也不錯。」

這名魔女走近咱們。

「尤其這位小姐看起來嬌小卻勇於旅行，真是不得了呢。如果有個像妳一樣的妹妹，或許可以點綴慢活吧。」

魔女將手置於魔王大人的風帽上拍了拍。

「好乖，好乖喔。」

這一瞬間，魔王大人猛然拉開距離。

「怎、怎麼了!?」

一瞧魔王大人，只見她的表情驚恐地僵硬。

像是遇見不可以遭遇的對象。

「難道她真的是邪惡分子嗎……？」

魔王大人的態度非比尋常。

可是這名魔女看起來極為自然。

絲毫沒有要加害咱們的意思。

「究竟怎麼了呢？難道被別人摸頭是一種侮辱之類嗎？那真是對不起啊。」

「不，並非如此……」

「原～來如此，太好了～」

這名女孩這次將手伸進小女子的風帽內，摸了摸頭。

「妳長著很長的角呢。是獸人方面的種族嗎？」

小女子感到全身寒毛倒豎。

連自己都迅速拉開距離。

「妳究竟是何方神聖……有種非常驚人的感覺哪……」

這女人具備只有高等魔族才會散發，類似難以完全隱藏的力量之類！

即使不清楚原因，但連魔王大人都產生這種反應，肯定有蹊蹺？

「咦？欸？我只是一直靠狩獵史萊姆維生，沒有什麼隱藏的力量！純粹只是長壽的魔女！」

她這番話聽起來似乎並未撒謊。

但是具備如此強大的力量，應該足以成大事……

目前還不能掉以輕心。

「魔女殿下，不好意思，如果沒事的話，咱們現在會離開這座村子，妳可以別追殺咱們嗎？小女子想藉此證明，對妳沒有絲毫惡意。」

「是、是嗎……這倒是無妨……我也沒有追殺妳們的理由……雖然不太能釋懷，但如果進一步和妳們牽扯，可能會導致慢活瓦解，我絕對不會追殺妳們。因為我想避免所有的麻煩。」

「是。妳的想法沒有錯。」

這段期間，魔王大人始終不安地盯著魔女瞧。

◇

小女子牽著依然膽怯的魔王大人的手，離開村子。

類似出於本能的警戒心也逐漸消失。

「魔王大人，您沒事吧？」

「嗯，我也逐漸冷靜下來了。」

來到寬敞平坦的高原正中央後，魔王大人一屁股坐在地上，將手放在自己的頭上。

「被那個人摸頭後，我有種不可思議的感覺。非常可怕，心驚膽跳……但是現在，膽顫心驚的感覺應該已經消失，內心卻依然怦怦跳……」

「話說回來，魔王大人從來沒有被別人摸過頭哪。可能是被不習慣的事情嚇到了吧。」

「唔～總覺得好像不是這樣，但我無法清楚形容。」

即使魔王大人的口氣冷靜，卻並非平時的態度。

絕大多數場合下，魔王大人都保持笑容，現在卻毫無笑意。

——就在此時。

感受到幾人的明顯殺氣。

小女子當然提高警戒。也有可能是剛才的魔女。

有幾名魔族從空中飛來。是在魔族中稱作鷹人或是鳥人的種族。

總共有五人。

魔女似乎不在其中。而且就算五人的殺氣加起來，也不足為懼。

「普羅瓦托．佩克菈．埃莉耶思魔王！納命來！」

這幾人手中握著劍和長槍。

意思是他們剛才就從空中觀察動靜嗎？

「先問個問題，壞人們。你們的同夥裡有沒有魔女？」

這個問題似乎出乎他們的意料，其中一名鷹人露出訝異的表情。

「不知道！我們的夥伴只有魔族！要改變當今魔王的溫吞政治！」

「是嗎，是嗎？那就安心了哪。」

小女子立刻詠唱魔法——
將眼前的兩人凍成冰塊。
這段期間內，魔王大人已將剩下三人打倒在地上。
雖然沒看清楚究竟發生什麼事，但敵人肯定也莫名其妙地敗在魔王大人手上吧。
「好，搞定囉。」
魔王大人拍了拍手。
「如此一來，引誘暗殺者出籠的作戰就順利結束囉♪別西卜小姐，感謝妳的幫忙。」
「其實不引誘他們出現，只要在城內請人嚴加防範，不也沒有問題嗎？」
小女子錯愕地表示。
不過這下倒是鬆了口氣。
況且在小女子打倒兩人的期間，魔王大人已經擊敗了三人。
魔王大人沒有弱到需要小女子保護。
「可是啊，一直待在城堡內也很無聊嘛。所以才指派興趣是旅行的別西卜小姐跟隨。如此就能吸引暗殺者出現，不是一箭雙雕嗎？」

「可是對小女子而言，變成假日實質上在工作，虧大了哪。」

這次魔王大人扠起手。

「能和我在一起，就當作是賺到了嘛。」

見到魔王大人得意的笑容，心想小女子今後應該也會繼續被玩弄於股掌，心裡各種放棄。

「雖然不至於覺得有賺，但可以當成不賺不賠。」

「好，這樣就可以原諒妳。」

農業大臣的工作很有趣，不過拚命的成分太少。

「很多人似乎不喜歡我的施政手段，不過差不多統統被滅了吧？」

「在小女子的認知中應該沒錯。魔王大人統治期間，起先五十年的暗殺未遂事件最多，接下來的五十年減少至三分之一，目前則非常和平。」

「要讓魔族世界變得更加有趣喔。幫助我吧。」

魔王大人從正面緊緊握住小女子的手。

「就算無法扮演姊姊，今後也要以政治搭檔的身分支持我。」

「遵命，別西卜是魔王大人最忠心的僕人。」

小女子對決定自己命運的對象如此表示。

「請問，吾人的臉上沾到了什麼嗎？」

萊卡對小女子露出訝異的表情。

這也難怪，因為小女子一直盯著她。

◇

「沒什麼，只是偶然想起，好像很久以前和妳交過手哪。畢竟以前常去泡洛可火山的溫泉，好像有這麼一回事。」

「吾人從小就一直接受鍛鍊，但往事記憶畢竟模糊了。」

萊卡似乎也想不起來。反正想起來也無關痛癢。

「妳問問父母，爆發『魔族枕頭大戰事件』那個時候，或許會知道答案。不……實在不想再去挖那些瘡疤，還是算了……」

因為之後小女子在大臣會議上狠狠挨了一頓臭罵……還是悄悄封印吧。

「像我的話，三天前吃過什麼菜，早就忘記囉～」

「妳那樣反而有點問題吧。」

法托菈準確地吐槽妹妹瓦妮雅。

今天帶兩名部下來到高原之家蹭飯。

即使被亞梓莎嘮叨厚臉皮，但假日偶爾這樣也不錯。平常咱們可是很認真工作哪。

「別西卜小姐，感謝您，再度買書送給我。」

夏露夏鞠躬道謝。

緊接著，法露法也笑著表示「數學書籍真的好有趣呢！」

「嗯嗯，只要來小女子的家，就有更多書籍喔。畢竟小女子可是高等魔族。宅邸也十分寬廣哪～」

「夠了夠了！不准若無其事地拐我家女兒當養女！」

亞梓莎再三叮囑。

趁亂收養女的作戰始終無法成功。

「什麼嘛。老實說，說不定小女子比妳更早見過她們兩人喔。好像去過森林小屋哪。」

「又沒有任何證據，根本隨便妳說吧。更何況她們兩人的出身地可是平凡無奇的森林，妳又沒有理由進去。」

「這種事情就像緣分，該遇見就是會遇見哪。就是這樣。不如說，小女子好像以前也見過妳呢。三十五年前，不，可能更久之前吧……」

「意思是曾經差點打起來嗎？我沒印象了呢。當時我很強的事情還沒傳出去吧。」

亞梓莎似乎完全不記得了。

小女子也差不多，只隱約記得好像見過面。

「應該去過弗拉塔村一趟。當時正在周遊全國，所以不清楚精確的時間。」

「唔，我知道妳很愛旅行，但真的來過弗拉塔村嗎……算了，想這些往事也沒什麼意義。思考現在與未來比較實際。」

「如此果斷的確很有妳的作風。」

感到欽佩的同時，小女子喝了口酒。

「沒錯。比起過去，未來更加重要。」

法托菈表示同意。

「我個人也認為，只要別西卜大人今後繼續傑出地盡到身為農業大臣的職責，就心滿意足了。」

這是在挖苦小女子很久以前工作不盡責嗎？

「不過啊，反正別西卜打從出生就這麼高高在上吧。一直充滿自信地自稱天生貴族，小女子很厲害，一路走來始終如一對不對？」

原本想提醒亞梓莎別亂猜，但最後還是決定保持沉默。

「至少瓦妮雅打從出生開始，就一直冒失又馬虎。」

「喂!?為什麼說著就開始虧我了啊!?」

瓦妮雅向姊姊冷不防的攻擊發出抗議。

「因為妳學會的第一句話就是『慘了』啊。」

「哪有啊！不要加油添醋好不好！我第一次聽說耶！」

「雖然真偽不明，但瓦妮雅辦事不牢倒是事實。」

「上司不要也跟著幫腔啦！」

身為上司，這時候必須幫法托菈助陣才行。

「哈～妳們明明是上司下屬關係，感情卻很好呢。」

亞梓莎表示羨慕。

「當年啊～要是有個理解我的上司就好了呢。雖然都是往事，去想也於事無補呢。」

「是啊。上司是否有積極向上的心態，部下的模範也會改變呢。」

法托菈瞄了一眼小女子。

「即使一開始完全不行也無妨。但只要自覺能力不足，就有機會成長。畢竟人生很漫長。」

「總覺得今天的法托菈真能說呢。」

「我沒有別的意思，終究只是表達世間的準則。」

法托菈似乎微微一笑。

小女子在心中向她表達「謝謝妳」。

雖然走了不少彎路，還被調到完全出乎意料的部門……

但是從整體來看，小女子十分幸福。

這時候，瓦妮雅脫口說出「啊，慘了」。

「喂，瓦妮雅，小女子會發脾氣的，從實招來吧。」

「呃，這時候不是該說不會發脾氣，所以趕快說嗎……？」

「總之快從實招來……」

「昨天之前必須提交的文件，我忘記交了……」

小女子站起身，迅速在瓦妮雅的頭部兩側鑽來鑽去。

「好痛，好痛！這是職場內暴力！」

「放心吧，因為這裡不是職場！」

看來農業大臣的工作，今後照樣會出包連連……

完

後記

好久不見了，我是森田季節！

先向各位讀者報告。

《狩獵史萊姆三百年》系列作品，小說與漫畫累計突破了五十萬本。五十萬……老實說，「突破○○萬本」這種標題對我而言就像虛構一樣。由於從未想過自己有機會經歷，目前我都沒什麼實際感受。已經算是不知道該怎麼高興的領域了……

這也多虧支持本系列作品的各位幫忙。今後還請繼續支持《狩獵史萊姆三百年～》！

接著，關於本書第七集，限定版還附贈廣播劇CD第二彈喔！

班底與第一彈一樣，亞梓莎由悠木碧小姐，萊卡為本渡楓小姐，法露法為千本木彩花小姐，夏露夏為田中美海小姐，哈爾卡拉為原田彩楓小姐，別西卜為沼倉愛美小姐飾演喔！

由於是第二彈，這次的劇情核心是通常寫小說時較難表現的別西卜。每一名角色都展現超越上一次的強大演技，身為視聽者之一，真的，聽得如痴如醉呢。再度認識到聲優這種職業有多厲害，以及聲音這種表演形式的寬度與深度。真的非常感謝各位參加的聲優，以及其他相關人士！

回到小說內容，這一集出現了讓亞梓莎轉生的女神大人，以及惡靈的古代文明。既然之前出現過魔族與妖精，思考接下來該讓什麼種族（？）登場，最後採取這種形式。

以前多少提過魔族與妖精的世界，所以我希望再描寫神明與惡靈的世界，逐漸擴大世界觀。

反過來說，既然連神明都登場，有種今後已經沒梗的感覺……總之我會努力的。

這次又請負責插畫的紅緒老師繪製梅嘉梅加神、惡靈王小穆，以及大臣娜娜・娜娜等新角色。每個角色都讓系列作更多采多姿喔！連同既有角色，非常感謝紅緒老師！

另外在既有角色的插圖中，最喜歡長出狐耳的亞梓莎。感覺可以吐槽，這已經不算是既有角色了吧，真的超可愛喔！

至於 Gan Gan GA，シバユウスケ老師的漫畫版目前廣受好評連載中！在上個月發售的第二集出版之前，光是第一集就超過了十萬本。氣勢連原作者都難以相信呢。無顏以對シバユウスケ老師啊。身為原作者也會好好努力，不辜負老師漫畫的可愛。シバユウスケ老師，真的非常感謝！

而在同一平臺上，三番兩次出包的精靈・哈爾卡拉的外傳小說《精靈的餐桌》也已經公開了。還請各位讀者多多指教！

http://www.ganganonline.com/contents/slime/

接下來則完全屬於私事。在本書發售前不久，以商業誌推出第一本小說至今，已經滿十年了。

這時候經常以「感覺漫長卻又短暫」的方式形容。不過實在發生了太多事情，所以「感覺漫長卻又漫長」才是真心話。

這十年來到處奔波，挨過各式各樣的人罵，挨白眼，還被人認真擔心過。但是唯有寫小說這件事，幾乎沒有中斷過。

俗話說堅持下去就是力量。希望各位讀者也能感受到，藉由堅持不懈而設法留下實際成績。

還有，雖然之前已經失敗過不計其數，但是我逐漸明白，累積大量的失敗後，就能善用失敗的知識重新啟動。

依照這一層意義，最近我特別感受到，失敗其實也並非完全無用，只要持續活動下去，就會化為肥料。

接下來是第八集。其實這是我人生中第一次推出第八集的作品。之前總共七集的系列有兩部（其中之一是ＧＡ文庫的《你的侍奉只有這點程度嗎？》，記得捧場喔！）。

逐漸踏入了未知的世界，今後也請各位多多指教！

森田季節

浮文字

持續狩獵史萊姆三百年，不知不覺就練到LV MAX（07）

（原名：スライム倒して300年、知らないうちにレベルMAXになってました7）

作者／森田季節　封面插畫／紅緒　譯者／陳冠安
發行人／黃鎮隆　副總經理／陳君平
副理／洪琇菁　國際版權／黃令歡
執行編輯／呂尚燁　美術主編／陳聖義
企劃宣傳／邱小祐
出版／城邦文化事業股份有限公司　尖端出版
台北市中山區民生東路二段一四一號十樓
電話：(〇二)二五〇〇七六〇〇　傳真：(〇二)二五〇〇二六八三
E-mail：7novels@mail2.spp.com.tw
發行／英屬蓋曼群島商家庭傳媒股份有限公司城邦分公司　尖端出版
台北市中山區民生東路二段一四一號十樓
電話：（〇二）二五〇〇—七六〇〇（代表號）
傳真：（〇二）二五〇〇—一九七九
中部以北經銷／楨彥有限公司
電話：（〇二）八九一九—三三六九
傳真：（〇二）八九一四—五五二四
雲嘉經銷／智豐圖書股份有限公司　嘉義公司
電話：（〇五）二三三—三八五二
傳真：（〇五）二三三—三八六三
南部經銷／智豐圖書股份有限公司　高雄公司
電話：（〇七）三七三—〇〇七九
傳真：（〇七）三七三—〇〇八七
一代匯集／香港九龍旺角塘尾道六十四號龍駒企業大廈十樓B&D室
電話：（八五二）二七八三—八一〇二
傳真：（八五二）二七八二—一五二九
馬新總經銷／城邦（馬新）出版集團　Cite(M)Sdn.Bhd.
E-mail：Cite@cite.com.my
法律顧問／王子文律師　元禾法律事務所
台北市羅斯福路三段三十七號十五樓
二〇二〇年八月一版一刷

■中文版■

郵購注意事項：
1. 填妥劃撥單資料：帳號：50003021戶名：英屬蓋曼群島商家庭傳媒（股）公司城邦分公司。2. 通信欄內註明訂購書名與冊數。3. 劃撥金額低於500元，請加附掛號郵資50元。如劃撥日起 10～14日，仍未收到書時，請洽劃撥組。劃撥專線TEL：(03) 312-4212 ・ FAX：(03) 322-4621。E-mail：marketing@spp.com.tw

國家圖書館出版品預行編目資料

持續狩獵史萊姆三百年，不知不覺就練到LV MAX(07) /
森田季節著 ; 陳冠安 譯. --1版.
--臺北市：尖端出版, 2020.08 面 ; 公分. --(浮文字)
譯自:スライム倒して300年、
知らないうちにレベルMAXになってました7
ISBN 978-957-10-8923-2(第7冊：平裝)

861.57　　109000783